归乡思路

（德）林歌 著

周佳音 译

新星出版社 NEW STAR PRESS

目　录

献给你和我

以及真实的生活……

感谢：

Susanne Halbleib

Susanne Messmer

Mei Lotte Messmer

边远

刘昊

Hans-Michael Fenderl

Kelly Li

Kulturgut 文化财富

Christian Ulmen

Stadt Marburg

第一章

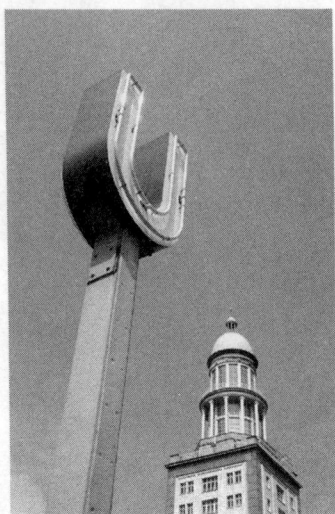

星期六早晨，最幸福的事情莫过于可以赖着不起床。我迷迷糊糊地醒过来，但是几乎没有力气睁开眼皮。十字窗棂直勾勾地瞪着我。我向窗外瞥眼望去，朦胧的晨曦已经勾勒出后院的轮廓。有几扇窗户透出来零零星星的亮光。不过，我只来得及听到对面有人打开收音机，眼睛就重新闭上了。

我低声问她："你醒了吗？"可是没有人回答。

我翻过身去，被眼前光溜溜的小屁股逗笑了。清晨的阳光给它镀上了一层浪漫的光泽，几乎可以说是充满了诗情画意。卡塔琳娜夜里习惯在床上到处打游击。她躺下，进入梦乡以后，过不了多久就开始巡视四方了。这会儿，在我眼前的她看起来又仿佛刚刚跋山涉水归来，黑色的头发蓬松凌乱，T恤衫皱皱巴巴的。刚开始的时候，我一直以为她睡觉时这么不安分，是因为她在我身边感到不舒服。不过这么多年过去了，我没有发现任何改变的迹象。每个夜晚她都要四海云游一番。这么一来，夜里有时候她的拥抱几乎能把我勒死，可是不久之后她的胳膊又突然横陈在我的膝盖旁边。每天夜里她睡觉时走过的距离加在一起肯定有好几公里。第二天早晨吃早点的时候，她经常会给我讲夜里做过的那些稀奇古怪的梦，什么跟踪追击、枪战、抢劫银行、和怪物一起喝咖啡吃点心、深海探险时统计大白鲨的数量，她还频繁地梦到写课堂作业，而内容是从来

3

没有学过的知识——所以有时候我觉得，和她在一起实在有些毛骨悚然。

我打算和她亲热一会儿，可惜这是一件让人难以忍受的事情，因为早晨起来她的体温总是像刚出炉的面包一般滚烫。从我身后遥远的地方传来一阵铃声，那应该不是闹钟的声音，因为我昨天晚上特意取消了闹钟的叫早功能。也许是门铃。谁会在这个时间来找我们呢？真无耻，我心中暗想。

"你去看看吗？"卡塔琳娜忽然低声地问我，我被这突如其来的清晰话语吓了一跳。我生气地回答："今天可是星期六！"

她被她自己的话给出卖了。估计她醒来比我早得多，而她无非是又想在我们两个人之间的游戏中战胜我。这是一种烦人的游戏，有时甚至还很伤人：谁第一个去卫生间，谁就不许回来，而是必须去做早点。这是不知何时我们俩达成的协议。不过，我今天既没有上厕所的迫切需求，也没有兴趣走到房门那儿去打开门，甚至连穿上衣服的欲望都没有。我满脑子里想的都是：就在床上躺一辈子也不错。我趁机又翻身朝向另一边。

不知道过去了多长时间，也不清楚我是否又睡了一觉，总之我翻了一个身，随即看到她站得远远地，用她那双褐色的杏仁眼近乎于哀求地盯着我看。

"好吧，"我笑着说，"你赢啦！"

她朝我吐了吐舌头。于是，我第一个起床，准备利用一切可以利用的材料做一顿早餐。我挖空心思四处搜罗，不过今天可以利用的材料实在有限，也就是说，无论如何都要去一趟面包店。

红头发的面包店师娘属于完全没有任何幽默感的那一类人。我走进店里，像往常一样高喊一声"早——安"，然后大声念出《图片报》①上一贯耸人听闻的大字标题："我们都是教皇。"摆在柜台上的日报只有高高的一沓《图片报》。女店员不耐烦地瞪着我，我买了五个小圆面包和一块法式黄油牛角面包。她一声不吭地把我买的东西统统塞进袋子里，然后用恶毒的眼神送我出门。有时候我觉得，我们俩之间的这种默契带给她不少乐趣，不过到目前为止她仍旧没有换过报纸。《图片报》就是她用来对付我的秘密武器。不过这也没什么。尽管如此，我仍然喜欢这家店。它有着被磨得色彩斑驳的漆布地板，用荧光记号笔着重勾勒出来的广告词，这些都让它看上去就像是一家以80年代为主题的博物馆。另外，面对我国众多面包连锁店的竞争，它艰难而顽强地生存了下来。在这里只要花上八十欧分就可以买到一杯几乎绝迹的高水准过滤咖啡，可以选择加或者不加糖和牛奶，然后倒进正宗的瓷质咖啡杯里，当然也可以盛在纸杯里"带走"，这就是所谓"外卖咖啡"的雏形。

在回家的路上，我遇到了负责我们这个区的邮递员大

---

① 《图片报》为德国发行量极大的通俗报纸，迎合普通大众口味，以内容耸人听闻、大幅图片加大号字标题著称。——译者注。本书注释均为译者注，以下不再一一说明。

妈。和往常一样，一个畏手畏脚的老男人跟在她身后，距离她有两步远。我开始还以为她在辅导新手，后来有一次我问她，一直在她身边跟班的这个人是谁。她用哆哆嗦嗦的声音告诉我："不是，不是，他是我失业的老伴儿。邮政局总在不停地合并投递区。我一个人根本忙不过来。反正他已经很长时间找不到工作了，正好给我帮忙。我可不想落到去做内勤工作的下场。"

她向我打招呼，对我微笑，把一摞邮件直接放到我的手上。我在信箱里还找到两份报纸：一份是我们已经订阅多年的《日报》，而另一份是《南德意志报》，我和卡塔琳娜经常以免费试读的方式轮流订阅《南德意志报》、《法兰克福评论报》和《法兰克福汇报》这三种报纸①。

面包已经从袋子里拿了出来，蜡烛也刚刚点上，正在这时，房门吱吱嘎嘎地被推开了。

卡塔琳娜顶着乱蓬蓬的头发，目不转睛地看着我。我笑嘻嘻地问她："怎么样，昨天夜里你又去哪里云游了？"

她回答的时候情绪还有些低落。"去霍屯督岛了②。"

"应该是在暴风骤雨里坐着邮轮去的吧？"我补上一句，然后拥抱了一下她。煮蛋计时器响了起来。我把装茶叶的小圆盒从茶壶里拿出来。卡塔琳娜利用这个机会，理

---

① 《日报》、《南德意志报》、《法兰克福评论报》和《法兰克福汇报》均为在德国全国发行的日报，各自代表持有不同政治态度的社会集团。

② 瑞典儿童名著《长袜子皮皮》里主人公皮皮的爸爸住在南太平洋一个名叫霍屯督的小岛上。

直气壮地把我最喜欢听的广播节目关掉了，改为播放她现在最喜欢听的歌，是"放荡"（Libertines）乐队的《卡蒂的所作所为》（*What Katie Did*）。我和卡塔琳娜都没有参加过舞蹈班，不过我们努力随着音乐来回晃动身体，像疯子似的扭来扭去，同时尽量注意不踏到对方的脚上。我们很高兴，两个人终于可以一起度过周六的时光了。公平起见，我必须承认，接下来播放的是我目前最喜欢的"亮眼睛"（Bright Eyes）乐队激情演奏的一首即兴蓝调《我生命中的第一天》（*First Day Of My Life*）。跳到最后，我们累得上气不接下气，于是坐下来开始吃早餐。

从前我们在卡塔琳娜与他人合租的公寓里经常玩下面这个游戏：一个人放一首自己最喜欢的歌曲，但不让其他人知道是哪一首，只是事先告诉大家自己和那首曲子之间的渊源，然后我们一起听着歌曲，发疯似的跳着舞。一首歌曲结束之后，再放下一首。

和往常一样，卡塔琳娜只看报纸的文化版，偶尔也翻一翻政治新闻，剩下的版面则每次都会沿着高高的抛物线飞过厨房的上空。她把最新的电影评论读给我听，以便我们能够更容易地确定今天晚上看哪一部。自从我认识卡塔琳娜以来，她每星期至少看三次电影，按照她自己的说法"是纯粹出于职业原因"。她是摄影师，当然她也绝对是一个电影狂人。在她读报的时候，我替她往面包片上抹好了巧克力酱，希望这样能够让她的好心情保持下去。我这么做完全是为了我自己。虽然我们不去谈论我们俩之间的一些默契的举动，但是我们一直在认真地遵循着这些规则。

"现在全国有超过五百万人失业。"卡塔琳娜说。

对此我没有什么好说的。那些人当中就有不少我们的朋友。

我忙着拆开各种信件，卡塔琳娜则一边继续读报，一边吃完了抹着巧克力酱的面包片之后，转向法式牛角面包。有一封信里面是电话费账单，金额相当高，另外还有两封有中奖机会的广告信。一家我从来没有听说过的银行可以提供高达两万欧元的快速贷款。这让我相信，我还是有贷款信用的。可是医疗保险公司寄来的催缴保费警告信让我立刻又对我的贷款信用心生怀疑。有一封信来自一家与我和吉姆有过很多合作的唱片公司，我没有打开它，因为我担心他们否定了我们的新营销计划。我今天可没有时间去理会坏消息。

我问卡塔琳娜："你的银行账户里还有多少钱？"

"不多了……大概也就四百欧元。"

"要是你替我付医疗保险费，我可以用我银行账户里的钱付房租和电话费。"

她面无表情地点点头，继续读报。

我们两个早就不执行 AA 制了，因为反正总有一天谁也分不清哪笔费用是怎么一回事。开始的时候，我们经常不厌其烦地计算如何分摊每一笔费用，可是这么做通常会导致出现激烈的争吵，而最后得出来的结果无非只是差了几个欧元而已，反反复复的计算显得十分荒谬。

"我们也许还是结婚好，这样的话，保险费用会便宜一些。"说罢，我立刻对自己这种毫不浪漫的建议感到羞愧。

卡塔琳娜放下报纸，我收获了一连串挖苦的眼神。

"明白了。我们还是向那家银行申请快速贷款吧，然后拿钱卷铺盖走人！就算是逃到霍屯督岛，我也没意见。"

"杨恩！才两万欧元！我们靠它能活多长时间？等有人准备贷给你二十万的时候，你再来问我吧。"

两个小面包和几条关于看哪部电影的建议过后，我开始阅读被卡塔琳娜扔到厨房地上的那几个报纸版面。随后轮到看报纸里夹带的广告了，这时卡塔琳娜突然放下报纸，久久地凝视着我。我也面带疑问地望着她。她把报纸放到一边，用手抚摸着我的头发，问："你怎么了？"

"能有什么事呢？"我一脸无辜地反问她。

"你一定在琢磨什么吧？"

"没有。"我一边说，一边露出笑容。这么做是因为我撒谎的本领很差，用短短的一个"没有"就能够掩饰住这样一个弥天大谎，我觉得很有意思。

她也以笑容回报我，问："我又打呼噜了？又被你录到了？"

"不是！我可是向你保证过，我再也不那样做了。"

一次和朋友们吃饭的时候，我提到了我当时正在制作的一个报导，是关于圈养在柏林动物园里的猛兽。我播放了一段录音，所有人都感到毛骨悚然，向我表示同情，随后我公布了录音的来源。我觉得那么做非常搞笑！其他人也都有同感。卡塔琳娜起先和我们一起笑，然后却一连两天不跟我说话，因为她后来才意识到，那样的做法有多么过分。

她又重新拿起报纸。我找出另外一张 CD 唱片放进机器里，是"狂热"（Madness）乐队的，他们的音乐能给人带来好心情。卡塔琳娜一直观察着我，我尽量做到小心谨慎，但是她的目光最终仍然落到了唯一那一封没有打开的信上面。

"那是什么？"她指着那封没有打开的信，用模范小学教师一样的语气问我，并且用审视的目光看着我。

"一封信！"我简单地回答了一句，然后重新将注意力转向音响。

卡塔琳娜恨不得看穿我的后背，改用家庭女教师的腔调问："那是一封什么信？"

其实这是一个很简单的问题，可是如果一个人对问题的答案感到恐惧，那么他应该怎样回答呢？

虽然只有几秒钟，但是无数个念头在我的脑海里闪现：为了给博斯尼公司提供这份计划书，我和吉姆努力工作了好几个星期。在如今这个没有人购买 CD，只是自己复制或者从网上下载音乐的年代，我们力图寻找到一条出路，让音乐制品重新变得有吸引力，人人买得起。我们想到了一点，其实 CD 光盘不但薄而且非常结实，因此便于邮寄。圣诞节的时候，我经常把 CD 唱片精心包装一番，然后寄给亲友。有一次，我干脆在厚纸板上挖出一条缝，把 CD

唱片塞进去，把这个二合一的产品当做明信片寄走了。于是，我和吉姆找到一家印刷厂，试验了各种纸张和纸板，询问对方可否印制中间有圆形压槽的明信片，这样一来可以把 CD 光盘放到圆形压槽里，用透明塑料膜包装起来并且封紧。我们经过考虑认为，可以把 CD 光盘的贴面设计成类似明信片的样式。我们计划首先印制一种明信片，上面的图案是花里胡哨的一束花。至于 CD 唱片里的音乐，我们打算把希尔德加德·克内夫的动听老歌《为我下一阵红玫瑰雨》①的翻唱版本送给在柏林的各位音乐爱好者。制作这样的一张明信片成本低廉，在商店里它大概只卖四欧元。我们认为这一类跨界合作产品是巨大的市场缺口，而那些大型的唱片公司到目前为止没有设置过相关的部门，更没有配置过有资质的员工。通常，大公司完全不清楚它们拥有哪些音乐、电影、图片和书籍的版权，所以也想不到各个产品之间存在着怎样最合理的关系。

"杨恩？喂，杨恩，怎么了？"我听见卡塔琳娜在问我，但是我无法控制自己不去想那些事情。

我害怕知道答案，也许这么说还是太委婉了。我和吉姆简直被吓得屁滚尿流！我们花费那么多时间和精力做出来一项计划，面对他人的反应，却惊慌失措，我们害怕潜在的客户对我们的计划给出的评价。我们为自己能否生存下去而忧心忡忡。我们已经好几个月几乎没有什么生意了，

---

① 希尔德加德·克内夫（Hildegard Knef 1925－2002）是德国著名的女演员、香颂歌手和作家，《为我下一阵红玫瑰雨》（*Für mich soll's rote Rosen regnen*）是其成名作之一。

这项计划就像是地平线上的一道微弱的曙光。

"杨恩——你倒是和我说话呀!"卡塔琳娜的声音越来越大,但是我的思绪继续在脑海中盘旋。

目前这种局面对吉姆来说比对我而言更加糟糕,因为他已经结婚并且有了两个孩子。自从我们创办了我们的"理想家"代理公司以来,出于良心不安,我常常少给自己一些工资,多给他一些。否则,他就很难凑齐房租和幼儿园的托儿费。

我和吉姆一如既往地向我们的小公司投入了大量的时间和精力,我们有无数的创意,同样也有很多的希望,不过绝对没有任何资金。尽管在过去的几年间德国唱片工业每况愈下,而我们坚信自己有合适的创意,并且走在通往CD唱片新型销售市场的正确道路上,但是我们得到的业务永远比预想的少。我们竭尽全力,希望随着时间的推移公司能够稳定下来,走上良性发展的道路。然而现在我们走进了一个死角。我们对自己的剥削利用已经发展到了损害自己的境地,并且留下了明显的后遗症。我们只是过于懦弱,不敢公开说出来罢了,可是我们两个人心里都清楚,如果现在不能立刻得到一笔大单,我们就必须关掉代理公司。

"杨恩!"卡塔琳娜冲我高声大喊,同时推了我一下,我没有别的办法,只能对她如实相告。

"我怕这封信!"

为了避开她,我从充电器上拿起手机。我刚刚开机,铃声便响了起来。那声音就像是学校里的课间休息铃声一样令人感到如释重负，它绝对是绕开拆信这个话题的最后一根救命稻草。

"杨恩，你是不是不愿意告诉我，你究竟怎么了？"

"一会儿再说。"我说罢，赶紧接电话。

"终于打通了，你这家伙，我整整一个早晨都在试着给你打电话。"吉姆抱怨道。

"喂，今天是星期六，卡塔琳娜休息，多睡一会儿总可以吧。"

"就算我没说过，你这家伙，你取信了吗？"

我不知道应该说些什么才好。在一瞬间我甚至想告诉他：一家从来没有听说过的银行愿意借给我两万欧元，今后几个月我们可以靠它临时克服一下资金困难。不过最终我还是说："没取！"

"那就劳您大驾去看一下信箱，杨恩。看完之后再给我回电话！"吉姆在电话的另一端激动地喊道。

我困惑地问："究竟出什么事了？"可是他已经把电话挂断了。

"是谁打来的？"卡塔琳娜问。

我简短地说了一句"是吉姆"，又坐回到厨房餐桌前，用手指小心地触摸着信封。

卡塔琳娜说："给我！事情应该不会那么严重！"她拿起信，把它撕开，然后从头到尾看了一遍。我觉得自己就像一个成绩不好的小学生，刚刚收到了学校寄来的警告信。不过她看完信以后笑了起来，兴高采烈地吻着我。我有些不知所措，小心翼翼地问："信里都写了些什么？"

卡塔琳娜凑到我的身边偎依着我，对准我的耳朵低声说："好吧，我要说的是，这封信里有一份非常好的工作机会！"

我感到一阵燥热，然后又浑身发冷，接下来是一种近乎于恶心的感觉。

卡塔琳娜松开我，开始在我们的小厨房里转圈，同时用一种极为正式的语调朗诵信件的前几行，可是电话又响了起来。卡塔琳娜没有出声，走到电话机前，拿起听筒，笑着自报家门。她像芭蕾舞演员似的在原地转过身，高高地举起电话听筒，媚声媚气地说："是打给您的，我的先生。"

我接过听筒，说："喂，吉姆。"不过对方不是吉姆。我感到有些不对头。

"里特尔先生，您好！"汤姆·布伦纳用热情洋溢的声音说，"请原谅我在周末的时候给您打电话，不过我不想等到星期一再来询问您的看法。您看过我们的信了吗？"

"我正在看。也就是说，您喜欢我们的计划？"我犹犹豫豫地问他。

"何止是喜欢？简直是天才的想法！我们非常愿意买下它。最好我们把您一起买下来！"

"非常感谢，您这是在恭维我。"我结结巴巴地说，不知道应该对他的那番话做出何种反应才好。

"好吧，您觉得，您什么时间可以过来面谈？"他步步紧逼地问。

"我得先和我的合作伙伴商量一下，"我毫无准备地说，"不过下周初吧，我想，应该没有问题。"

"好，太棒了！我非常高兴！您确定了具体时间以后，尽管给我来电话，好吗？不论什么时间，往我的手机上打也可以。"

"谢谢，布伦纳先生，我们会和您联系。祝您周末愉快。"

我这是在做梦，还是博斯尼娱乐公司新型销售市场部的经理刚才真的给我打来了电话，而且打算给我和吉姆一份稳定的、没有固定期限的工作？

卡塔琳娜在厨房里又是跳舞，又是假装握着麦克风唱歌。我装作弹吉他的样子给她伴唱，不过整个场景让我觉得有些不真实。这个工作机会听上去实在很有吸引力。工作时间固定，有法定的医疗和养老保险，有带薪假期，再也不用处理那些烦人的纳税申报单，而且定期准时有钱汇入银行账户！这正是前一段时间我经常梦想着能够拥有的一切。尽管如此，我还是有一些顾虑。博斯尼娱乐公司不但是国内最大的媒体集团之一，它还坐落在我的家乡，一个只有五万人口的外省小城。城里有一条禁止汽车通行的步行街，一座在周围地区最古老的哥特式教堂，一座带有露天啤酒馆的美丽的城堡，几家老奶奶才喜欢去的气氛温馨的咖啡馆，一家冰淇淋店，两家书店，还有一所规模不大但名气还不错的大学，60年代的时候甚至多多少少沾染上一点学生运动的风潮①。我的家乡小城还拥有为数不多

---

① 这里指 1968 年前后席卷德国的学生运动。

的几家风格雷同的大学生酒吧，两家电影院和一个多功能展览馆——想到这些，我就觉得当年决定离开这座城市、搬到柏林来是正确的。

我望着卡塔琳娜问："你的看法呢？"

她说："现在先给吉姆打电话！"我觉得，她的声音里突然也透出一丝疑虑来。

我们约好下午和吉姆以及他的家人在咖啡馆见面。卡塔琳娜打算赶快冲个澡，再去一趟邮局，所以我就一个人先出发了。咖啡馆并不远，但是我前进的速度却非常缓慢。我的脑海里思绪万千，而与此同时我发现，在我住的这条街上，我有着强烈的家的感觉。通往我最爱的咖啡馆的这条路，我已经走过多少次了？也许这一回就是所剩不多的最后几次当中的一次了。这个念头吓了我一跳。我熟悉每一块已经松动的或者缺失的铺路石，每一面下水井盖，每一个精心装饰过的阳台。我熟悉这里的一切，街道的前方就是我常去的面包店。我巧妙地避开了地面上随时恭候行人的狗屎，这是在柏林生活的人必须掌握的一项技能，突然间我已然站在了我最心爱的咖啡馆前面。它的对面是一栋尚未修缮过的建筑，这样的房子在普伦茨劳贝格区①已经所剩无几了。我觉得，或许应该至少把其中的一栋用有机玻璃罩起来。这家咖啡馆里有最美味的蛋糕，全柏林最好喝的咖啡，而店里播放的音乐总是让人有新发现。一切

_____

① 普伦茨劳贝格（Prenzlauer Berg）是柏林市的一个行政区，深受大学生、知识分子、艺术家以及一些寻求另类生活方式的人群欢迎。

都经过精心的装饰。这里每个月会推介一位新的画家或者摄像师。在店内左侧的角落里有一个小舞台，有时候有乐队演出，或者举办图书朗读会。咖啡馆的中央有一张染成深颜色的长方形大餐桌，桌上摆着一些绿色的阅读台灯，位于桌子上方的金属架子上挂着所有重要的报纸——也包括《图片报》。桌子四周有许多小一些的桌子。客人可以自行选择，到底是一个人坐，还是有兴趣和其他人一起坐在大桌子旁边，互相搭话，然后海阔天空地胡聊。

"哈罗！"我向吉姆和伊雷妮打招呼。两个孩子尖叫着围绕桌子跑来跑去。他们现在的身高已经足以让他们的脑袋可能碰到桌角，大人必须十分小心。咖啡馆里的其他客人与往常没有分别，有几位是已经略微上了些年纪的美丽母亲，身边是价格不菲的儿童车，还有几位是似乎没有睡醒的波西米亚族，顶着乱蓬蓬的发型，另有几位显然是购物归来在此小憩的闺房密友。服务员向我微笑。我朝她点点头，点餐的过程就算完成了。过了一会儿，她给我端来了我的格雷伯爵红茶以及带双份奶酪的意式夹心面包，和平常一样。我爱上了这种秘密的默契，期待着新的默契能够出现。

"我们现在怎么办？"吉姆脱口而出，不等我回答，他又补充说，"伊雷妮说可以考虑搬到外地去。"

伊雷妮说："没错，我已经想好了。"因为我没有立刻对她的话做出反应，她又补上一句强调她的想法："也是为了孩子们！"

吉姆满怀希望地注视着我，我却不知道该说什么。我没有说话的兴趣。我喜欢吉姆，可是我情不自禁地一直盯着他身上熨得平平整整的奶油色格子衬衫，另外，即使在今天这样一个星期六的下午，他的发型也是精心梳理过的。为什么从前我从来没有注意到这些呢？

开始的时候，伊雷妮其实很和气，也十分招人喜欢，可是接触久了她就显得特别烦人。她天生就是当妈的材料。仅仅听到"也是为了孩子们"这句话，我可能又要得抑郁症了。她开了一家小小的服装精品店，自己设计和缝制小批量的儿童服装。她给 T 恤衫和婴儿连衫裤印上诸如"大姐姐"、"小弟弟"、"挂钥匙的孩子"以及"养老金有着落啦"一类的文字。精品店的生意还不错，不过每当某一款T 恤衫卖得特别好的时候，就会在最短的时间里出现模仿者，廉价大批量生产那玩意儿，最后占领整个市场。

我正想开口说话，姗姗来迟的卡塔琳娜从门外走了进来。她和我一样只是对服务员点了点头，然后坐到我的旁边。她从她最漂亮的衣服里挑了一件穿——领口部位显得非常性感。突然间我又有了说话的兴趣。我说："我还没有决定。"

吉姆立刻气呼呼地说："怎么是这样？"

我估计会出现这种情况，因为我很清楚，他们夫妻两人已经意见统一了。

我非常平静而且坚定地说："因为我不知道，我是不是想再搬回到我的家乡小城去。再说这也不符合咱们公司的理念。"

"你指的是什么？"

"我们要不受约束地工作，为不同的人提供创意，要灵活！"我的这番话也确实反映了我们一贯的梦想。

伊雷妮转过身去，忙着照顾两个孩子，她根本无法承受这种公开的对抗，这也是她从来没有为了 T 恤衫上的创意和其他生产厂商斗争过的原因。她用目光追随着孩子，向他们提出警告，从手提包里取出几本绘画书和彩色粉笔，以便让孩子们做些有意义的事情。

吉姆觉察到了我的眼神，对伊雷妮说："别管孩子们。"然后他对我说："是啊，你说得没错，但是在过去的三年时间里我们做到了吗？我们只能靠每一笔得来不易的该死的业务活着。我们就是这样不受约束的。"

他说得有道理。比起我来，他更是已经被逼到了墙角。他有家庭。我和卡塔琳娜可以再搬到一套更便宜的公寓里，更严格地节衣缩食。尽管我已经绝对无法接受再次住进一套用炉子取暖的公寓，尽管一想到又得几个星期以麸皮面包与含有或者不含有佐料的廉价软奶酪填饱肚子，我的胃就抽筋，但是我们两个至少有这样做的可能性。

我仅有的理由就是，我不想返回家乡小城，我也无法想象卡塔琳娜在那里会活得舒服自在。最后一次有人在我的家乡小城里拍电影是 1974 年，唯一一位曾经到过那里的著名演员是奥斯卡·维尔纳①。不过他只是在前往法兰克福的途中在那里短暂逗留，结果还死在了离火车站最近的酒店里。

----

① 奥斯卡·维尔纳（Oskar Werner 1922－1984）是享有国际声誉的奥地利著名电影及话剧演员。

可是卡塔琳娜突然说："也许我可以考虑一起搬到那里去。我觉得这有些像历险。我还从来没有在别的地方生活过。我根本不知道那是怎么回事。"

卡塔琳娜是在柏林长大的，我们确实考虑过，在我们永远扎根柏林之前，作为摄影师的她应该拥有在其他地方生活的经历。也许去汉堡或者科隆，要不也可以在伦敦或者纽约长住一段时间。

"那你的工作怎么办？"我颇感意外地问。

"我当然希望很快就能够拍摄制作规模更大一些的影片。可是话又说回来了，那些影片有多少会在柏林拍摄呢？人得跟着工作走，而不工作的时候，究竟住在什么地方，其实无所谓。或者这么说吧，基本上无所谓。"虽然卡塔琳娜这么说，但是我立刻想起了上一次我们一起回我的家乡小城看望我父母时的情景，当她把电影院里放映的影片全都看完以后，她感到非常绝望。

"这话没错，不过柏林可是你的家乡啊！"

卡塔琳娜笑着说："是的，不过不是你的。两个人中间总得有一个人让步。我也可以在这里保留一间屋子。"

她试图尽量打消我的顾虑。大家都笑了，但是我的心底多少还是有些沉重。

我和卡塔琳娜离开咖啡馆以后直接回到家中，然而当我们走到家门口的时候，我们径直向前走了下去。我们一路上沉默寡言。

我们的目标是公园。这时我才再次意识到，住在我们的公寓里是多么幸福：城里的第二大公园就在我们的家门口。公园的中央有一座山，据说是由战争遗留下来的瓦砾堆积而成的。在山顶上可以看到整个柏林东部。如果看得仔细，甚至可以分辨出原来东西柏林之间的分界线，不过只有我的父母、妹妹和其他游客才会对这种事情感兴趣。人们站在山顶会感觉到，柏林真的是一座大都市。视力所及之处，只能看到一片房屋的汪洋大海。

卡塔琳娜紧紧地握住我的手。我的手出汗了，因为我很紧张。她觉察到了这一点，用大拇指摩挲着我的手背。我们凝望着柏林的上空。我回忆起我们开始谈恋爱时的一次约会。我们相约在公园门口碰头，就在电影院的对面。我在一次派对上结识了卡塔琳娜，后来我送比萨饼的时候再次遇到她，她事后给我打电话，告诉我她正在帮助照顾一位朋友的狗，问我是否愿意和她一起散步。尽管我更喜欢猫，觉得它们更加乖巧，不过我还是立刻答应下来。那一次我们也是先登上了瓦砾山，卡塔琳娜突然从手提包里掏出两罐果味啤酒①。我觉得她这么做很有趣，这让我想起了当年在家乡小城里的那些庆祝仪式，因为每当我们庆祝的时候，总是把罐装的果味啤酒请出来帮忙。卡塔琳娜用手指着一个方向，说："如果你用力眯起眼睛看，就能够看到我未来的工作地点。"

我抻直脖子，眯起眼睛，用尽全力却看不清哪里才是。我转过身来，卡塔琳娜嘻嘻哈哈地笑着，用力摇了摇手中

---

① 果味啤酒（Alster）是一种啤酒和果汁汽水的混合饮料。

的饮料罐。她把嘴唇凑到罐口，打开拉环。果汁啤酒一下子从罐口涌出来，三响咕咚之后，她大声说："啊——"饮料罐里已经空了。然后，她掀起自己的 T 恤衫，用它擦了擦嘴。我诧异地看着她的表演，被镇住了。这种举动只有我家乡小城里的老土们才做得出来。不过他们是不会在 T 恤衫下面穿黑色蕾丝胸罩的。

卡塔琳娜说："怎么样？你看到了吗？就在最前面！波茨坦的巴倍尔斯贝格区①！我跟你说，那儿可是拍过大片的地方。将来我也会在那儿工作！作为摄影师。"

后来我们又一起去看电影。卡塔琳娜企图骗过检票员，把由她照顾的那只小狗偷偷带进去，结果没有成功，只好把它紧紧拴在电影院前面的一棵树上。我们出来的时候，小狗睁大眼睛直勾勾地瞪着我们，像一头小狼似的哀号，我觉得它真可怜。

这晚过后，我们见面的次数越来越多，后来很快就改为天天见面了。

今天我们又站在这个地方，我为今后几周内将要发生的事情而感到害怕。她把胳膊搭在我的肩膀上，抚摸着我的头发，问道："你怎么了？"

我刚才一直不敢说出来，可是现在心里的想法脱口而出："我担心我们两个人应付不了。"

她亲吻我，我则用尽全力拥抱她。她说："我们一定能应付得了！"

---

① 巴倍尔斯贝格（Babelsberg）是波茨坦市最大的一个行政区，德国著名的影视娱乐和媒体基地之一。

尽管我无法确定,在说话的时候,她的视线是否越过了我的肩膀眺望着巴倍尔斯贝格所在的方向,但是我的确松了一口。我们在那里停留了许久。

　　第二天清晨,我又早早醒来。整个夜里,我在床上翻来覆去,不断地与卡塔琳娜发生碰撞。起床后,我躺到屋里那张小得不能再小的沙发上,听着那些很久没有听过的音乐,想着那些被我遗忘在家乡小城里的人,猜测着他们现在的境况。我感到有些冷,用毯子把自己裹了起来。我怎么了?我观察着音响上发亮的指示灯,它们闪闪烁烁,随着节奏上下跃动。卡塔琳娜忽然全裸着身体,站在我的面前说:"你为什么在半夜三更的时候听这么古老的音乐!"说罢,她躺到我的身边。

　　我问她:"我现在三十岁,难道我已经摆脱不掉生活的惯性了?"

　　她轻声说:"不妨试一试吧。不行还可以辞职。也许我和你一起去。"

　　不论过去、现在,还是将来,这张沙发对我们两个人来说都太小了。我侧耳倾听卡塔琳娜发出的轻轻的鼾声,好奇地摸摸她的体温。她的身上又烫得像刚出炉的小面包一样。已经七点钟了。我很想把她抱回到床上,然而我还是有气无力。我小心地吻着她,将她唤醒。我们东倒西歪地回到床上,带着略微轻松一些的心情,继续睡觉。

第二章

早晨，人总是觉得时间还早。我的大脑刚刚做出起床的决定，膝盖就不听指挥了。今天我要和吉姆坐车去我的家乡小城，与博斯尼娱乐公司面谈。卡塔琳娜比我起得还早，因为她得乘飞机赶赴伦敦参加一项拍摄工作，所以五点钟就起来了。她飞快地亲了我一下，说："我会想着你的！"没过多久房门就砰地关上了。一种怪异的感觉在我心底油然而生，于是我怎么也睡不踏实。不知过去多长时间，我终于起了床，看着镜子里的我。"喂，杨恩！是我呀，杨恩。你过得好吗?"

我坐上一壶水，准备冲泡搜到的最后一包袋泡茶，在等水烧开的时候我给自己准备了两片面包。有一次卡塔琳娜拍摄了一部关于茶树种植园的纪录片，回来以后给我作了一个二十分钟长的报告讲中国茶文化。她当时说："袋泡茶跟'茶'和'茶文化'完全不是一回事。更何况袋泡茶里面装的是质量最差的茶叶，就是茶叶垃圾，而且里面还全都是化学残留物。"眨眼间，家里那些五颜六色的漂亮茶包都被她扔进了有机垃圾箱，当然也包括那些化学残留物。从此她把袋泡茶称做是"卫生棉条茶"。我最欢野蔷薇果口味的袋泡茶，可是打那以后我对它的喜好就荡然无存了。

一个人吃早点，这让我变得有些多愁善感。我坐到电视机前。电视台在早间播放的节目千奇百怪。重播的那些晚间节目和电视连续剧，过去是不允许小孩子看的，因为播出时间太晚。当年我的同学眉飞色舞地趁着课间在学校院子里描述过的电视节目，例如《豪门恩怨》和《神探猛龙》①，现在我都能看得到。

七点差一刻，我走进浴室，冲了一个澡。和每次刮胡子的时候一样，在刮之前我会考虑一下，现在是不是正流行那种三天没有刮过的小胡子。我的衣柜里都是不适合这种会面场合的衣服。几个月以来，所有的袜子全堆在一个盛放换洗衣物的筐里，因为我们两个人都没有兴趣给单只的袜子配对。至于区分哪些是男人的袜子，哪些是女人的，这项工作我们早就放弃了。我们袜子的大小型号差不多，所以我们总是把它们扔到一起。现在我找不到可以配成一对的两只袜子，不过总算找到了两只黑色的，上面的花纹很相似。应该没什么问题。

我三步并作两步地从楼梯上飞奔而下，可是最后一段楼梯的台阶突然矮了不少，幸好我在脚步踉跄之际及时紧紧抓住了信箱。我在取报纸的时候，发现有一个上了岁数的男人，西服革履，夹着公文包，正在狂按我们家的门铃。这个人是谁？我否定了跟他打个招呼的想法，现在和他说话可能要浪费很多时间。我推开楼门，那个男人向我打听我们住在几层，我回答说："我不认识他们！"他不为所动，继续按我们家的门铃。我带着不祥的预感走到街上，我很久没有申报过纳税情况了，税务局最近给我寄来的三封信我根本就没有拆开过。

---

① 《豪门恩怨》（*Dallas*）和《神探猛龙》（*Magnum P. I.*）均为美国电视剧。

幸亏城铁有一些晚点。虽说如果搭乘下一班城铁，我也能准点赶上火车，不过那样的话吉姆肯定已经到了火车站，正不耐烦地等着我。车厢里有一个男人在拉手风琴，一个女的伴随琴声，唱着一首令人心碎的俄罗斯歌曲。这样的瞬间总是让我感觉到自己确实身处都市，因为小城镇里根本没有这样的流浪歌手。那里有流浪歌手，但是不会在公共交通车辆里表演。突然有两个查票员上了车。一个从车厢后门上，一个从前门。趁着查票员查我的车票，我尽量拖延时间，把所有的衣服口袋都摸了一遍。也许我能够牵扯住他们，直到下一站，那样两个歌手就可以下车了。一个查票员挑衅般的大声说："算了吧，掏出来的肯定不是。"我尽量再拖延一些时间，可是他高声喊起来："别装了，下一站下车！"我当即给出回应，并且把车票给他看，他半信半疑地仔细检查。自从查票员不再是柏林交通公司的员工，而是由私营公司外派过来并且按照佣金方式拿工资以后，他们在柏林查票的时候就变得越来越粗暴。距离到站停车还有很长时间，可是这两个人已经走到歌手身边了。他们强迫歌手和他们一起下车。他们可是毫不留情的——在城铁启动前行的片刻，我透过车窗把一切都看在眼里。

我在火车站里一眼就发现了吉姆，他正在四下张望着寻找我。他发现我的时候，虽然听不到他的声音，但是已经能够从嘴唇的形状辨认出他说的话："总算到了！你去哪儿了？"等我走到他的身边，他热情地在我的肩膀上捶了一下。我一直不喜欢这种动作。他显然心情不错，兴奋地说："你终于来啦！你干什么去了？"

"城铁晚点了！"我一边说，一边在想那两个俄罗斯歌手的命运。他们有钱支付无票乘车的罚款吗？还是他们甚至连有效的居留许可都没有？

吉姆看上去衣冠楚楚的。他穿着西服，不过万幸没有系领带，里面只是套了一件高领的黑色毛衣。裤子上熨出了裤线，身上飘出浓郁的剃须水的味道，他做出了与我相反的决定，没有留三天不刮的小胡子。

"我已经等你半个小时了。"他说。我没兴趣对此做出解释，因为吉姆总是担心在见面的时候会迟到，所以干脆让其他人全都担保他会超准时现身。

吉姆是在柏林、在他母亲身边长大的。他母亲是一位德语教师，笃信基督教新教，典型的普鲁士人。他从来没有见过父亲。据他自己说，他很早就想建立一个属于自己的家庭。对于舒适与和睦的追求在他身上留下了深深的烙印。他对组建家庭的渴望强大到让好几个女友因此弃他而走。有一次，和他在一家酒吧里，我遇到一位女性熟人。他们两个聊了几个小时，还不时哈哈大笑。不知何时，他们开始毫无顾忌地又亲又吻。幸亏酒吧里还有几个其他熟人能够和我聊天，否则我一定会知趣地离开犯罪现场。可是过了一段时间以后，我的那个熟人忽然站起身来，玻璃杯从桌子上跌落在地，摔得粉碎。她朝吉姆喊道："你现在不要再说了！我可没有义务给你孵小鸡！"说罢便离开酒吧，摔门而去。吉姆躲在一张饮料单后面，然后去了厕所。等人们重新开始互相聊天，声音也恢复正常以后，我悄悄离开酒吧，尾随在我的熟人的身后。走到最近的公共汽车站以后，她坐下来，随即问我："那个脑残的家伙到底是什么人？"

我尽量替吉姆辩护，可是一张嘴就说错了话："他就是那么一个特别顾家的人。"

"就算是吧，不过我可不是那种歇斯底里的三十岁老女人，一天到晚害怕错过了生物周期，担心自己的生育能力。"

后来，他们两个人还偶然见过几次面，一起说过话，但是再也没有吻过对方。

"为什么这么说？是不是你送孩子去幼儿园送得太早了？"我终于被惹火了，带着情绪问吉姆。

"你到底怎么了？是没睡好，还是有别的原因？"

"两者都有！"我简短地说了一句，随后火车就进站了。

我们登上紧挨着餐车的第六车厢。吉姆已经把一切都安排妥当，不但买好了车票，甚至订好了座位。我们把行李放好，我刚刚落座，想让自己舒服一下，他说想去餐车。

于是我又站起身，我们一路走过去，找好位子。吉姆点了他最喜欢的饮料，一杯卡布奇诺咖啡，而我点了一杯格雷伯爵红茶。

"你为什么没睡好？"他问。

"我睡觉的时候觉得自己好像是清醒的，很奇怪。"

"我不明白。"

"我觉得怎么都不舒服。可是干脆起床吧，起来之后还是很别扭。"

我觉察到吉姆十分关心我的健康。他没有问我，便直接帮我点了一杯橙汁。

对他和他的家人来说，那样一份稳定的工作等于是一种救赎，我完全理解这一点。但是他心里也清楚，我这边的问题要复杂得多。他从不认为不受约束是一种可供选择的生活方式，到目前为止他根本没有选择的余地。相反，我是真心喜欢我们的小公司。我喜欢它，已经到了从不在乎每次度假都和出差结合在一起的程度，我们总是在出差之后接着草草休几天假。

"你不盼着去那儿吗？"他用他特有的那种天真的口吻问。

"去哪儿？"

"你的老家。"

"你不了解的我过去！"我带着讽刺的口气回答他。

"怎么啦？你的过去真那么糟糕？"他笑了。

"没什么，其实一点儿也不糟糕。我喜欢我的家乡小城，不过它和外面的大世界绝对没有接上轨。"

"那儿不通火车？"他试着开了一个玩笑。然后又追问道："你什么时候才下定了决心离开那里？"

"大概是二十岁的时候。我当时实在忍受不了了。"

"那儿真的那么无聊？"

"十六七岁以后，我们就找不到多少新鲜好玩的事情了。"

　　他望着窗外，无限憧憬地说："我觉得在小城镇里长大就像是在天堂里一样。单凭能够更加亲近自然这一点就足够了。"

　　自然这个词让我联想到了我们的一个绝妙创意，在家乡小城里组织当地的第一场电子舞曲派对。勒内是我的中学同学和疯狂的汽车迷，一次他无意中走进了在法兰克福机场的"道连·格雷"迪厅①。那就是一家专门为无聊透顶的俗人开办的迪厅，只有西装革履的银行家和他们穿着晚礼服的太太才会在那儿随着排行榜上的音乐扭着屁股跳舞。星期六这家夜店就摇身一变成了"电子舞曲俱乐部"。多年以后甚至有人声称，它是德国第一家电子舞曲迪厅。从那里回来之后，勒内热血沸腾，结果一周以后我们全都感染上了电子舞曲的狂热症。我们观看"发电站"乐队和"怒吼哈罗"乐队成员的表演②，幸福得如醉如痴。我们购买各种稀奇古怪的电子舞曲唱片，不过因为没有钱，只能每个人分别买一张。

　　法兰克福对我们来说就是通往世界的大门，那里发生的一切都非常酷，非常神奇。我记不清楚到底是谁想出的那个创意，反正它横空出世了：我们要在家乡小城里组织

---

　　① 德国著名迪厅"道连·格雷"创立于上世纪 80 年代，位于法兰克福机场内，名字取自奥斯卡·王尔德的作品《道连·格雷的画像》。
　　② 德国的"发电站"乐队（Kraftwerk）成立于 1970 年，是当代电子音乐的先锋，影响了大量其他电子音乐的流派。瑞士的"怒吼哈罗"乐队（Yello）成立于 1978 年，同样影响过当代电子音乐的发展。

一场自己的电子舞曲派对。

最大的困难首先是要找到场地。城里只有两家文化社团，总是像孵蛋的老母鸡一样护着它们自己的地盘。而青年俱乐部实在是一点儿也不酷。

勒内建议说："在柏林，他们都在被占用的房子里举办活动！"① 这个主意听上去很冒险，不过绝对适合我们。然而我们城里从来没有过被占用的房子。郊外乡下倒是有一座被闲置的农庄，我们却觉得它不够正式。最后其中一家文化社团在全体代表大会上长时间讨论之后，终于以超过半数的优势允许我们组织一场"外部活动"。

我们在大学食堂和所有的学校里分发印有"电子舞曲大师"的广告传单。附近各处的木板栅栏上密集地钉着我们自己设计的招贴画，上面当然装饰着那时候电子舞曲常见的符号，例如齿轮、锤子和镰刀。我们搞来两台唱机、一座喷雾机，一个频闪仪以及一些激光灯，然后用东拼西凑和借来的那些可怜巴巴的钱从法兰克福请来一位 DJ，此人是一位朋友向我们推荐的，而这位朋友又认识一位据说认识斯文·维特②的朋友。DJ 乘坐区间慢车晚上七点钟到达，随身带着一个神秘的银光闪闪的便携唱片箱。他要求立刻支付报酬，然后去一家饭馆吃饭。我们四个人围坐在他的身边，喝着果味啤酒，一边看他进餐，一边听他给我

---

① 德国上世纪 70 年代至 80 年代在青年学生中兴起占房运动（Hausbesetzung），即强行占用长期空置的私人或公共房屋，供学生或社会弱势群体居住或举办社会文化活动，学生们多将此行动视为政治抗议行为。

② 斯文·维特（Sven Väth）是德国著名的 DJ，在电子舞曲领域有重要影响。

们讲来自某个遥远而华丽的世界的故事。

我们的派对晚上八点整开始，因为我们没有拿到特许令，所以夜里一点就得结束整个活动。等我们到达活动现场的时候，五十来个本地反法西斯行动小组①的积极分子正在恭候我们，当然还有成群结队的买了票的客人，他们从本地的四面八方赶来，人数多得出乎我们的意料。反法西斯小组认为我们印在招贴画和广告传单上的电子舞曲符号是秘密的纳粹标志，所以几周以来一直背着我们把它列为他们的一项重要政治教育活动。他们当中的一个人举着喇叭高喊："用机器演奏的音乐是法西斯的进行曲！和我们一起联手反对新纳粹！"每个看上去像是要参加活动的人都被迫卷入了无休止的辩论。大约三十位客人成功地挤进了俱乐部，伴随着震耳欲聋的低音、闪烁的灯光和尖锐刺耳的合成器电声在人造烟雾中像疯子一样跳舞。

可惜我们在入口处外面不敌对手的雄辩，结果客人一个接一个失望地离去，估计他们的政治信念也变得一片混乱。不久，极左的死硬分子和朋克青年便与大声争论的人群混作一团。十一点的时候，赶来的警察解散了活动，原因是附近的居民觉得受到了文化社团前面高声争辩的人群的干扰。不知道什么人还把售票处的门票款席卷一空。两天以后，本地的报纸对这次活动进行了报道，怀疑我们是新纳粹，并且在文章里提到了我的名字，结果我病了一个星期。

---

① 反法西斯行动（Antifa）是二战后德国各类左翼组织的一个非党派性活动的松散联盟，部分成员或小组被视为左翼极端分子或组织。

吉姆一边喝他的卡布奇诺咖啡，一边聚精会神地听我讲述，时不时笑一笑。火车飞速驶向我的家乡小城，窗外的风景呼啸而过。有一段时间，我什么话都不说，暗暗问我自己，这一切吉姆究竟能理解多少。

"除了组织电子舞曲派对，你们平时还有什么事情可做？"他带着嘲弄的口气问。

正因为我仍然能够设身处地体会我们当年的境况，所以这种不屑一顾的腔调多少让我觉得受到了伤害。我们那时满怀着做一番大事的强烈欲望，而那座城市根本无法满足我们的需求。那件事情彻底败坏了我们打算自己行动起来的兴致。

"后来只能在家里听电子舞曲而且声音不能传到室外去，要不就只能和圈子里的人一起在市民之家里听。"

"算了，别摆出一副受气包的样子。"

"情况真是这样的！那里只有一家迪厅，夜里两点就关门，还有一家，不过名字叫'玻璃舞场'，所以根本就不在我们的考虑之列。"

"那么你们两点以后都做些什么？"

"不是在某个小酒馆里玩桌上足球，就是在某个家里已经有让人眼馋的录像机的人那里聚会。要不我们就开车去野外。有些人甚至去打过保龄球！"

"开车去野外？"

"难道你不知道？就是开着三四辆车去森林里，或者开到一条僻静的田间小路上。停车后，所有的汽车围成一圈，车头灯对准圆圈的中央，然后把车门全都打开，听着声音很大的音乐。之前在加油站再买一套'卷炮筒用的设备和原材料'①，一些装在扁瓶子里的烧酒、利口酒什么的，还有薯片，给女孩子们喝的意大利普罗赛柯起泡酒。对了，还不忘带避孕套。"

吉姆盯着我看，觉得恶心和不可思议。

我大笑着说："好吧，如果你不相信我，过几年以后去问你的孩子。"

一旦涉及到他的孩子，吉姆可没有多少幽默感。他觉得受到了冒犯，很长时间一言不发。我望着车窗外的风景，任凭他独自去回味受到的冒犯。

窗外的景色逐渐变得越来越亲切。沿途的地名已经有一些是我熟悉的，我们距离我的家乡小城不远了。我感到问心有愧，因为我总是觉得，我对待我的家乡小城并不公平。毕竟我也有过那么多美好的回忆！那种慢条斯理、殷勤周到的生活也有它自己的魅力。那里根本没有柏林式的繁忙。如果人们想申请办理护照，不必用去半天的时间，想买某一种牛仔裤，也不必换四次车才能到达。人们不用经常帮助其他人在铺地板的时候打磨地面或者帮助他们搬家，人们买一箱啤酒的时候也不用因为租住的房子没有电梯而反复思量。回到家乡小城定居，到底有什么不好？也许我的疑惑今天傍晚就会烟消云散。也许在夜生活这个问题上那里已经有了变化。

我的家乡小城距离最近的大一点儿的城市差不多有一

---

① 此处指手工卷烟时用的卷烟器和烟叶。

百公里。徘徊在住地与工作地点之间的钟摆人追求着八小时以外的宁静生活，他们在这里与耿直的农家比邻而居，后者无论如何都不愿放弃自己的生活方式，靠着国家和欧盟的补贴勉强维持。这种生活既有优点也有缺点。对小孩子来说当然不错：我们熟悉放牧着奶牛的草场，了解各种树木的名称，还认识我们的邻居。我们的小狗不必在人行道上拉屎撒尿，小猫的地盘绝对大于背街楼房五层楼上的一套公寓。我们没有关在笼子里的虎皮鹦鹉，因为我们连儿歌里唱的乌鸫、歌鸫、燕雀和椋鸟都认得出。我们的邻居不但借洋葱给我们，而且关心我们的道德品质和我们留给他们的印象。少年的我们骑着轻型摩托，知道怎样飙车才能让车速不超过警察许可的范围。然后我们不知不觉进入新的人生阶段，觉得果园草地上的浪荡岁月渐渐失去了魅力。那是一种缓慢而自然的过程，不过也不是所有人都如此。我在那里也认识一些对身边的事物从未感到过郁闷的朋友。

心怀不满的阶段往往始于我们在学校里进入终点冲刺的时候，还有就是当我们提出各种各样的问题的时候。例如"我将来到底想做什么呢"这样一个听起来像是胡扯，但却惊心动魄的问题。

我们学校里有很多人可以立刻给出答案："电工"、"理发师"、"银行职员"、"企业雇员"……有些人一心想着上大学，因为我的家乡小城里正好有一所大学；要不就投奔城里最大的雇主——博斯尼公司。

大家都知道自己将来想要做些什么，有时候我真的被这一点吓坏了。他们怎么知道的？难道我错过了什么？这时我总感到自己已经与世隔绝了。然后一种对于生存的恐惧感油然而生。接下来我又觉得那些什么都知道的人非常可疑。

有些人声称"只要是和人打交道的工作就可以"或者"只要在政府部门工作就行"，我认为他们是最讨厌的。在我的家乡小城，政府就是最好的雇主。要是有人在政府部门找到一份工作，大多数父母都会备感幸福。就像一旦有人步入婚姻之后出现的情况一样。然后，永永远远，此生不变。

只有我的朋友们针对那个问题给出了不一样的答案——也许正因为如此，他们才成为我的朋友。亚历克斯总是充满信心地说："联邦总理！"勒内一直想做特技替身演员。我则按照排除法来回答：博物馆守门人、监狱管理员、宠物店店主，这些都是让我感到毛骨悚然的未来职业。其实流行歌星这一类的工作经常萦绕在我的心底，但是我没有胆量说出来。

透过车窗，我看到家乡小城的楼宇房屋渐渐清晰起来。扩音器里传出通知："本车即将在几分钟内到达……"舒适而又紧张的情绪在我的体内弥漫开来。不过我几乎没有时间去思考这个问题。火车和平常一样又晚点了很长时间，我们急冲冲地走出入口大厅，这是火车站当年未被战火摧毁的仅存的部分，然后径直坐进一辆出租车里。吉姆瞥了一眼车窗外面，哈哈大笑地说："快看，这里的邮政信箱真是小得有趣。"

"如果你看到一个邮政信箱有两个信筒，一侧的信筒上印着当地的邮编，另一侧的信筒上印着'外埠'两个字，那么你就可以判断，你正在一座大城市里。这里的邮箱没有第二个信筒。"

在一旁听我们对话的出租车司机不知所措地望着我们。我简单地说了一句"南工业区"，司机随即露出笑容。也许是因为我说这个词的时候声音很重，不过更加可靠的原因是这个词本身，它告诉司机，打车的人就来自本地。所有想去博斯尼公司的外地人，都会说出详细的街道名称和门牌号码或者博斯尼这个名字。但对于本地人来说它就是"南工业区"。反正那里除了博斯尼公司什么都没有。

博斯尼公司虽然是一家国际化的媒体集团，却仍旧眷恋着公司的创始地，到目前为止还没有追随着产业聚集化的潮流，像其他同行那样奔向柏林的怀抱。博斯尼公司拥有自己的出版社、杂志社和印刷厂，是数家电台和电视台的股东，同时在电影业也十分活跃。在我的家乡小城里，博斯尼公司是大学和政府以外最大的雇主。这里几乎每个人都与博斯尼公司有些瓜葛。这家公司在世界上每个大城市都有办公室，但是主要的商业活动和生产制造仍旧在这里进行。

我转过身去，飞快地透过后车窗向外望了一眼。南工业区所在的地点其实位于家乡小城的郊外，我忽然想起了我当年最喜欢的那家咖啡馆，我想赶在正经事到来之前，指给吉姆看。

由主干道通往博斯尼公司办公区的道路上空无一人，分道线白晃晃的，也许刚刚重新刷过。除此以外，这里看起来没有什么变化。我忽然心跳加速。幸福与不安混合在一起，在我的心里蔓延。吉姆用明确，然而却让我无法理解的话把我从恍惚的思绪中拉了回来。

"谈判的时候我们必须坚持原则。"

"谈判？"

"如果我们放弃了自己的公司，搬到这里来，那么就不能有试用期，并且我们往自己的公司里投入的一切，必须按照合理的薪酬方案得到补偿。"

吉姆在我的眼里变得十分陌生，我看到他额头上冒出的汗珠。通常，他才是在开始谈判的时候就抛出甩卖价，结果导致完全没有了向下调整的空间的那个人。他的做法经常让我们两个人陷入尴尬的境地。这一次，他显然打算做一笔大买卖，在他的眼里一个稳定的未来甚至他的人生终极目标已经近在眉睫了。

我们驶近大门。门卫小屋的前面有一道挡杆，坐在屋里的那个人一看就是9a班的迪尔克·菲施巴赫，我在实用中学①时的同年级同学。他的数学成绩永远是第一，公开和克里斯蒂娜·贝克卿卿我我。从前，他留着一头黑色的

①　实用中学（Realschule）是德国中学的一种，为学生日后从事经济或技术方面的职业打基础，毕业生或继续接受相关职业培训，或进入高一级别的专科高中或职业高中深造。

卷发，身材瘦削，骑着赛车上学，我们对此都十分羡慕。如今，他的额头宽阔了不少，头发里也有了一缕缕的银丝，并且变胖了。我把上身不断往下缩，蜷在出租车的后座上。

"你怎么了?"吉姆问。"你遇见鬼啦?"

"不是，我看见迪尔克·菲施巴赫了。"

吉姆不理解地看着我。

我们来到 B 座 D 入口 4 号楼梯前。吉姆下车后望着我。

"怎么了? 你不下车吗?"

"吉姆，听我说，我不太肯定……我觉得，到目前为止我们做得挺好的。我们在很多方面还能做得更好。我们能把我们的公司办下去!"

"该死的，杨恩。下车! 我可不想坐四个小时的火车来到这么个穷乡僻壤的地方，然后一句话不说又回去。"

"没错，穷乡僻壤，就是这么回事! 这儿就是穷乡僻壤，你却想搬到这儿来。我是从这个穷乡僻壤里出来的。我知道，这里的生活是什么样的。"

"喂，杨恩，我们只是来这里面谈一次。你先不要这么激动。一切都还没有定下来。"

"吉姆，这里会拖垮我们，让我们感到不幸福，我清楚得很!"

"要是你不立刻下车，那我才会被拖垮和感到不幸福呢。走吧。"

出租车司机尴尬地看着车里的脚垫，计价器还在运转。当他从后视镜里看到我的眼神时，吓得立刻按下计价器。

我下了车，付了钱，又让出租车司机赶紧开一张应付税务局的收据，然后盯着他的眼睛，对他说："您无论如何得待在这一带附近。"司机无声地点点头，随即开车扬长而去。

我的脑海里各种想法正在自相残杀。除了我们的公司生意不好以及我们总是处于倒闭的边缘这两点以外，我在柏林还是过得相当不错的。除了柏林，哪座城市里还会有为了创办电子舞曲俱乐部而中断大学音乐系学业的人？组建的乐队不能出人头地而自己却因此成功变身为行为艺术家的人？或者因为椎间盘突出症而不得不放弃新闻事业去经营糖果店的人？世界上再也没有比在柏林逛街更美妙的事情了。即使你没有和任何人约好，你心里也很清楚，去哪里才能遇到朋友。倘若你暂时对此毫无兴趣，你心里依然很清楚，去哪里才不会碰到其他的人。哪怕身在柏林的你，与在其他地方一样，常常愿意晚上在电视机前消磨时光，但是你知道柏林这里正在举行音乐会、播放电影和举办展览，有这些活动总归不失为一件好事。只要你想做，这里有广阔的选择余地。我现在才意识到，我对自己居住的那条街道的感情有多么深，我多么喜欢那个态度恶劣的面包店师娘，喜欢那个邮递员，甚至喜欢我的牙医。做一个柏林人，这与出生地无关，这是一种抉择。尤其是一件事，醍醐灌顶似的击中了我：我不想拿我和卡塔琳娜之间的关系去冒险。我不只是爱她，我甚至在这么多年以后仍然如热恋一般地爱着她。清晨，当她头发蓬乱、张着嘴躺在床上的时候，我就想紧紧地拥抱她，当她用舌头舔着嘴边的点心渣滓的时候，我想立刻亲吻她，当她坐在浴缸里的时候，我总是想跳到她的身边，溅起巨大的水花。

B座D入口4号楼梯前的玻璃亭子上贴着一张小得几乎难以辨认的纸条，前台接待小姐在上面写到："很快就回来！"

目的地其实很好找：九层，也就是顶层，那间带有玻璃屋顶平台的办公室。宽敞的走廊上挂满了执照、金唱片和奖励证书：这个与为某部电影配套的图书和原声配乐有关，那个与德国市场上的第一批有声读物当中的一部有关，下一个与第一张装在富有装饰性的白铁皮盒子里的音乐唱片有关，日后那个盒子也可以用来保存咖啡。最后我们终于来到了汤姆·布伦纳的办公室门前。

吉姆在门前整理了一下我的上衣，而我却踩到了他新刷的鞋子。他生气地瞪着我，我冲他吐了吐舌头。

我外出时使用的手机在我的口袋里轻轻地发出嘀嘀声。我在显示屏上看到了卡塔琳娜的号码，于是接通电话，压低声音说："我等一会儿给你打回去。"说罢迅速挂断了。

格拉芬夫人是女秘书，她拥有情色声讯台的女人才有的嗓音，多年来我们一直与她通话，然而今天才发现，她原来是一位头发梳得整整齐齐的六十岁老太太。

她说："我为你们通报！"不过汤姆·布伦纳已经出现在了门口，他和我们打招呼的时候热情洋溢得过了头，问我们："你们需要普通咖啡、牛奶咖啡还是卡布奇诺咖啡？我们这里还有茶。"

"我想来一杯卡布奇诺。"吉姆说。

格拉芬夫人带着询问的表情看着我，我于是说："如果不是很麻烦的话，就来一杯茶吧。"

"需要某种特定的品种吗？"

"噢，格雷伯爵红茶，如果你们这里有的话。"

"加糖和牛奶吗？"布伦纳先生追问道。

"加，谢谢。"

汤姆·布伦纳几个月前才当上经理，是其所在部门的领导，工作热情非常高。我们时不时地从博斯尼公司得到一些项目，间隔或长或短。有一次我们要为一家美国大型连锁咖啡店编辑一张 CD 唱片。我们当然充分地利用了这个机会，偷偷地在经典爵士老歌和 50 年代摇摆歌曲之间插入了几支柏林本地乐队的歌曲，它们的风格与前两种多少有些相似。还有一次我们设计了一种黑白两色的 CD 封套，消费者买到之后可以把它涂成五颜六色的。博斯尼公司甚至因此节约了印刷费用。这些项目通常都是我通过老关系拿到手的——中学刚毕业的时候，我曾经在博斯尼公司短暂地实习过一段时间，所以还认识几个能够帮得上忙的女秘书和仓库保管员。

到目前为止，我们还没有机会认识布伦纳先生本人。他身材高大，长着小啤酒肚，脸上总是带着狡黠的微笑。

每当我试图评价他人的时候，我都会设想，那个人能够代表我们班上的哪一类同学。显而易见，布伦纳先生是班长型的，不对，他甚至可以说是校学生会主席型的，不过他不属于招人讨厌的那一类，反而近乎于能够给人以好感——当然，只是近乎于而已。我们知道，他打算在博斯尼公司进行大范围的结构调整。多年以来，很多公司都把项目委托给其他公司去做，这就是所谓的"外包"，而布伦纳先生想逆潮流而动。我听我的父母说，他的想法在小城里引起了轩然大波，本地的新闻媒体几乎天天报道有可能因此而增加的就业机会。

布伦纳把我们引入他的办公室以后说："我在这上面还没有真正安顿好。这里的氛围还有些冷冰冰的，希望你们不要在意。这还是我的前任留下来的痕迹。"

吉姆和我迅速地交流了一下眼神。布伦纳先生继续说："我曾经听说，在柏林开办创业公司的年轻人总是在办公室里摆一张桌上足球的台子。"

我说："我们有一台旧的弹球游戏机。我们玩桌上足球玩得很差劲。"

布伦纳先生笑了。"弹球游戏机也不错。我们这里也在努力让企业的气氛更加友好一些。"

不知道怎么回事，此时的他坐在堆积着文件的巨型写字台后面，显得有些貌小。他的身后是高大的落地全景窗，透过窗户可以看到我的家乡小城。我时而看看他，时而望望那一片"穷乡僻壤"的轮廓。那外面是幸福的乡下小地方，而这里面正在操控着一家国际集团的大部分业务。

"也许你们对我们突然提出来的这个建议以及我在星期六打的电话感到奇怪，不过我们的确非常欣赏你们的工作和你们的创意。我们希望在这里创建一种扁平化的管理模式，以便能够更快地应对新的市场动态。另外，我们需要更多像你们这样的年轻的专业人才。我们非常乐意把你们的公司，也就说你们两位，纳入我们这个新的方案。"

听到"纳入"这个词，我吓了一大跳。

"别害怕！"他面带笑容看着我，"你们有自己的工作范围，可以自由支配独立的预算，不需要与我们商量或者得到批准。我们需要的是你们的创意，你们可以按照自己的设想把它们付诸实施。我们会提供一个辅助你们的团队。"

吉姆望着我，我望着吉姆。

"陷阱在哪里？如果我们的意见相反怎么办？"我向布伦纳先生提出疑义，吉姆在一旁生气地瞪着我。我不为所动地说："就拿我们那个明信片和 CD 唱片的方案做例子吧。按照我们的方案，我们可以自行寻找艺术家，也就是歌曲。"

"你们可以继续不受干扰地进行下去。我们当然会向你们提出一些建议，请你们认真考虑我们出版社的作品储备，但是最后的决定权在你们手上。我们最终只关心销售数量。其实这与你们自己公司的做法也没有多少区别。不过你们的创意实在是太棒了，所以我不认为我们之间会产生分歧。"

我正在考虑"万一"，布伦纳先生却继续说下去，并且客气地向我请教："里特尔先生，您是本地人。您什么时候灌录了您的第一张 CD 唱片？"听到这个问题，我颇为惊讶，但是随即忍不住笑了起来。

"是十九或者二十岁的时候和我的乐队一起录制的。我们不想要黑胶唱片，一定要灌录一张 CD 唱片，可是当时这么做贵得要死。我们和另外一支乐队关系不错，他们也一直想做一张唱片。我们把钱凑到一起，把一支乐队的音乐录在左声道上，另一支乐队的录在右声道上。人们只要对音响的均衡器进行调节，就可以听到这一支或者那一支乐队的音乐了。尽管这么一来音乐只有单声道的效果，但是毕竟拥有 CD 唱片的质量。再说，另外一支乐队卖出去一张唱片，就意味着我们也卖出去了一张。唱片的封套我们采用了双面印刷，这样两支乐队可以互相为对方做广告。"

吉姆和汤姆·布伦纳哈哈大笑，而我则追忆着我的第一支乐队，追忆着我们当时像小孩子一样为我们的第一张唱片感到高兴，追忆着我们作为城里风云人物的那段时光。

吉姆重新摆出做生意的架势，说："我们必须为此放弃很多而且不得不搬家。所以我们不能接受试用期。"

"关于你们对薪酬的设想，我们双方肯定能够达成一致意见。"布伦纳先生说，"你们会得到一份有保障的合同，有带薪假期，我们这里加班可以在与企业职工委员会进行协商之后'补休'，只有在特殊情况下才能够得到金钱补偿。很遗憾，我不能满足你们关于试用期的要求。它对你我双方都是一种保障。也许几周之后你们会发现，你们不喜欢我们这里。"

吉姆不出声了。其实试用期反而能够给我安全感。

我们商定了薪酬标准，我觉得那简直是个天文数字，但是对此汤姆·布伦纳的脸上没有任何反应。最后，他带着我们参观那些办公室。房间明亮而舒适，里面配备了带有大液晶显示屏的电脑，每张写字台上有两部电话，还有传真机、时髦的文件柜、锃亮的蒸馏咖啡机，以及艳红色的美式大冰箱。

汤姆·布伦纳陪同我们穿过公司大楼的 B 座，然后把重新设计过的天井院子指给我们看。夏天的时候，人们甚至可以坐在那儿。自从我那一次实习之后，这里有了很大的变化。院子里种上了绿色植物，还安装了许多小长凳。

"我还想为你们介绍一下公司总部的一项新设施。"布伦纳快步走向当年食堂所在的建筑，我假期打短工的时候一直在那里就餐。他打开大门，过去的就餐大厅出现在我们的眼前，这里显然正在进行改建。

"现在还看不出来，不过下个月就全部完工了，博斯尼公司将在这里开办自己的幼儿园！最近我们的员工疯了似的生孩子。我们用了很长时间来考虑，作为公司一方如何处理这个问题。这个幼儿园可以促使员工更加准时上班、提高工作时的灵活度以及提升对博斯尼的归属感。"

吉姆听得两眼放光。布伦纳继续说："午间休息的时候大家可以在这里看一看自己的孩子。另外，还要在隔壁给孩子们建一个运动室，晚上我们的员工可以在那里上健身课。"

看来，布伦纳不只是一位有事业心的经理，他简直就是个大好人。所有这一切让吉姆感到非常满意，而我也无法抗拒内心的好感。布伦纳双颊飞红，兴奋得像绽开的花朵一般。天色已晚，然而什么都挡不住他的热情。他又领我们来到全天开放的新员工食堂。还在用餐的最后几位同事向他打招呼。

吉姆就幼儿园的问题与布伦纳展开了深入的探讨，建议将幼儿园同时向那些父母不在博斯尼工作的其他孩子开放，以免使得博斯尼孤立于城市生活之外，我则趁机给卡塔琳娜打电话。我辨别出传来的响铃声来自英国，也就是说，她还没有回到柏林。她没有接电话。本来我还想和吉姆在城里逛一逛，顺便也打算看望一下我的父母，但是现在显然已经无法实现。一个小时以后就是最后一班火车了。

汤姆·布伦纳终于陪同我们来到大门前。此时在门卫小屋里坐着一位上了年纪的妇女，正看着一份本地的报纸。她看到我们，走出小屋，先是和汤姆·布伦纳打招呼，随后问候我们。出租车到了，我们透过后车窗挥手道别。在出租车行驶的途中，我们两个一句话都没有说。

吉姆在返程的火车上打破了沉默："我觉得非常不错。你怎么看？"

"那个布伦纳人很好！"我望着窗外，又补充了一句，"不过似乎好得有些吓人。"

吉姆不耐烦地哼了一声。

我们两个人又有一段时间沉默不语。不知过了多久，吉姆直截了当地问："你们想要孩子吗？"

"吉姆，我肯定不会因为那里正在建一座了不起的幼儿园，就接受那份工作！"

"我的老天爷，你到底是怎么了？我想，我们最好还是明天再谈这件事情吧。"

尽管如此，我继续思考关于孩子的话题。在我们的朋友圈子里，最近不断有孩子像是从自动售货机里飞出来一样诞生到这个世界上。卡塔琳娜和我早晚有一天会要孩子，关于这一点我们意见一致。如果我返回家乡小城，而她留在柏林，我们可怎么办呢？

火车驶入柏林市内的时候，夜已经深了。点点灯光从我们眼前呼啸而过，窗外的光线越来越亮。远远望去，外面的世界显得有一些惊险刺激，有一些妩媚迷人。

我不安地摆弄着手机，因为我还是联系不上卡塔琳娜。我们原本约定，我去机场接她，但是我不清楚她坐哪一个航班回来。我们抵达火车站以后，吉姆硬邦邦地说："我们明天办公室见。"我还没有回答，他已经转身向地铁站方向走去。

我试着再次联系卡塔琳娜，然而还是没有结果。后来，我就坐城铁回家了。公寓里空气污浊，闻起来有一股垃圾的味道。我又忘记把垃圾拎到楼下去了。现在再出去一次吗？我宁愿麻烦一些，我拿一个塑料袋套住它，上端打一个大大的死结，防止气味散出来，然后敞开窗户。我拿起一瓶矿泉水，坐在沙发上。我打开电视机，不过是为了再把它关上。我想用遥控器换台，却在无意中改变了画面的颜色。突然间，一切都显得恍惚而迷幻。

不知何时，我睡着了。我忽然觉得特别燥热。原来我竟然没有察觉到，卡塔琳娜躺在了我的身边。当我活动身体的时候，她醒了，望着我，拥抱着我，我们久久地亲吻着。"沙发太小了，两个人并排躺不下。"我低声轻语道。她看着我，然后躺在我的身上，说："这样好一点儿。"和风从窗外徐徐吹来。她问："我觉得特别热！你不觉得热吗?"她抚摸着我的头发，而我却又没能解开她胸罩的搭扣。

第三章

现在几乎已经是夏天了，我却感觉到了记忆中从未有过的冰冷。整整一夜，我一直试图靠近卡塔琳娜寻求温存，不，更准确地说是死死搂住她，然而她每次都能利用睡觉时在床上的云游成功地摆脱我。有时候，我突然发现自己清醒地躺在床上，既不在思考，也没有梦想。

不知过了多久，我从睡梦中醒来，被一条黑狗吓了一跳，然而那其实是我放在柜子下面的皱皱巴巴的旧旅行背包。我起床后准备洗个澡，冲掉沉重的噩梦。随后，为了让自己更清醒，我又洗了洗头。我一边洗，一边对着淋浴花洒唱歌，发出咕噜咕噜的声音。我认识不少人空手模仿弹吉他弹得特别好，还认识一些人非常喜欢在浴室里唱歌。我则更喜欢对着空中虚拟的麦克风唱，后来我的兴趣不知不觉改为对着花洒唱约德尔民歌①。可是今天不知为什么，我唱的调子总是不对，而且唱起来也没有平时那么有趣。浴室里连一条干净的毛巾都没有了。只能用桑拿浴巾。我用它把身体裹起来，回到卧室，坐在床边上，凝视着卡塔琳娜。她还在熟睡，微微张着嘴，一只手压在头底下，另一只放在她柔软的大腿上。

"既然你刚刚洗完澡，允许你再躺到我身边来。"她忽

---

① 约德尔民歌是一种源自欧洲阿尔卑斯山区的民歌，采用特殊唱法：演唱开始时在中、低音区用真声唱，然后突然用假声进入高音区，并且用这两种方法迅速地交替演唱。

然闭着眼睛说。我毫不迟疑地接受了她的建议。也可以说是不顾一切地。

接下来由我做早点。准备早点是唯——种我能够完美掌握的做饭技巧。说到真正的烹饪，我尚处在小学阶段，不过还不至于留级。我在不断地进步。

与博斯尼公司有关的一系列新局面把我弄糊涂了，让我感到虚弱无力，所以今天额外准备了水果色拉和鲜榨橙汁。我走进面包店的时候，令我感到遗憾的是，《图片报》已经卖完了。红头发的女店员像往常一样把五个小圆面包和法式黄油牛角面包卖给我，对我咧嘴嬉笑。我在即将离开商店之前的一瞬间，迅速转过身去，然后向她吐出舌头。在这么短的时间里我实在想不出更好的回应了。

当我从信箱里取报纸的时候，那个夹着公文包的男人突然又站在楼门前，按着门铃。他透过门上的玻璃窗向我打招呼。我听到大门的蜂鸣器在响，于是沿着楼梯跑上楼。我在房门前飞快地撕掉了多年来临时贴在那里的写着姓名的纸条。卡塔琳娜站在门里问我：“你忘记带钥匙了？你为什么把名字撕掉？”我关上门，示意她安静下来。我从门镜里看到那个男人挨户挨户地巡视，也在我们的房门前停留了片刻。我感到十分不安，因为我从门镜里可以清清楚楚地看见他，但是我希望他完全看不到我。随后他往楼上走去。不久他再次在我们的房门前驻足。门铃响了。卡塔琳娜望着我，摆出一个表示疑问的手势。我们一动不动地站在过道里。然后我听到那个男人又沿着楼梯走下楼去。

"是谁?"卡塔琳娜问。

"不知道,不过这个人让我觉得很可怕……昨天早晨他已经来过一次了。"

"那就干脆过去问一问,他想干什么。"

"你疯啦?也许他是法院送传票的!还是你订了什么货?"

卡塔琳娜摇摇头,做了一个手势,示意我的行为有些古怪,然后在厨房的桌子旁边坐下。"告诉我,昨天的情况到底怎么样?"她问道。

昨天夜里我一直在问自己同样的问题,考虑着今天早晨我能够向卡塔琳娜说些什么。但我并没有找到明确的答案。

"其实相当不错。"我一边这么说,一边立刻觉察到某种类似于良心不安的感觉。

"你想那样做吗?"

"我非常不确定。昨天坐火车回来的路上和整个夜里,我一直都在问自己应该怎么办。"

"他们现在究竟提供给你们哪些具体的条件?"

"我们将不会有任何后顾之忧。对我们两个人都有好处。吉姆甚至通过讨价还价拿到了三十一天的带薪假期。"

"这听上去相当不错嘛。那么'理想家'今后怎么办?"

"经理和部门领导,也就是我们曾经多次为他工作过的布伦纳,建议我们暂时形式上保留我们的公司。试用期结束后,如果我们喜欢博斯尼,那时候我们可以再把它关掉。"

"这听起来很不错，就让我们试一试吧。"

　　卡塔琳娜把一切都看得那么轻松简单，这让我感到困惑。她似乎当真把搬到家乡小城看做是一种可行的选择。尽管我已经在柏林生活了很长时间，然而我认识的正宗柏林人并不多。我认识的那些柏林人多数都是卡塔琳娜的老朋友。一次，在卡塔琳娜为她的老友们举办的鸡尾酒聚会上，她的老同学安雅说，她可以从新家的窗户看到她当年就读的小学。我表示，尽管我很喜欢我的家乡，但是离开它对我来说也是非常重要和必要的。结果所有的人都摇头说："我从来没有想过要离开柏林！"安雅问我："离开家乡是一种什么样的感觉？"我反问道："从来没有在其他地方生活过是一种什么样的感觉？我认为，在别的地方生活一段时间，与过去割裂开来，这是一种自然的需求。"安雅对此的回应是："我为什么要离开柏林？我在这里什么都不缺！"这个回答说得很有道理，令人无言以对。我离开我的家乡小城是因为我有更多的要求，因为我觉得受到了限制。在柏林就不一样了，这当然也包括对在柏林出生的人来说。人们变换一下所在的城区，或者从城市的西部搬到东部，甚至反方向搬迁，或许就能够满足需求。

　　卡塔琳娜用手臂搂住我，用嘴唇触碰我的耳朵。她轻声细语地说："要不要我吻走你的忧虑？"

　　我吻了吻她的嘴唇，凝视着她的眼睛，说："我想我永远也不会离开你。"

　　"为什么这么说，你打算离开我吗？"她气愤地说。

"不，正是因为不想离开你！"

"那你还说什么？如果你伤了我的心，我就打断你的腿！"她神情严肃地说，接着笑了起来。

"昨天你在伦敦，我在我的老家！你明白我的意思吗？"

"就让我们先试一试吧：如果你过得不顺心，你就回来，如果我觉得还不错，我就和你一起去！"

"如果我觉得还不错，但是你不喜欢，那我们该怎么办？"

"我们会找到解决办法的……"她说话时的语气轻松得迷人。她笑着把报纸里那些她不感兴趣的版面扔到厨房地板上，心满意足地享用着她的法式牛角面包。

我们吃完早点，卡塔琳娜又躺下了。"这么晚才吃早点，吃完又躺下睡回笼觉，对劳动人民来说，这是一种不知羞耻的行为。"我对她说，她却舒舒服服地翻身转向另一侧。

我正想关上身后的房门，卡塔琳娜在床上大声喊道："感情杀手家务活！"

我转过身，一边用"情欲杀手去上班"回应她，一边把套着两层袋子的垃圾拎下楼去。

在去办公室的路上，我顺便去了一趟银行，准备用剩下的钱支付账单和我的医疗保险。我把卡插进自动柜员机里，机器摇着头，在显示屏上通知我："您的卡已被收回。请您尽快与发卡分行的客户服务人员联系。"

"杀人血案都是这种情况造成的。"我对着机器嘟囔道。

银行里设置的八个服务窗口当中有六个没有人服务。其余的两个虽然有银行职员,但是他们正在进行所谓的客户咨询服务。我等候了半个小时,才终于可以坐到两个窗口当中的一个前面。我的面前是客户服务员科赫先生,他的身边是一位名叫默尔泽巴赫女士的实习生,我觉得此人有些眼熟。我的身后还有两位迫不及待的顾客,他们来来回回地跺着脚。客户服务员为我分析我的资金现状。我尽量摆出一副既表示理解又感兴趣的表情。那个实习生认真地旁听,一边努力学习,一边做着笔记。

"情况看起来不太好。您已经超出了您的限用额度。"他说话的时候不停地来回摇头。

我突然想起来,可能今天房租从账户里转出去了,于是我尽量语气坚定地撒谎说:"这是绝对不可能的!"

客户服务员科赫认真地反驳说:"确实超了,确实超了。今天转出的最后一笔款项是您的房租。"

我试图用一声令人怜悯的"哦"唤起对方的同情,然后又附上一句:"可能它比平常早转出去了几天。"

银行里的事情就是这样:窗口的里边是穿着西装、打着领带的自以为是的东西,外边则是苦苦哀求的乞丐。不过今天客户服务员科赫不打算过于斤斤计较,所以指导那位实习生为我办理了缓期还款手续。原因是他听到了我来自家乡小城的好消息。

我在报刊亭买了一瓶多种维生素果汁,然后尽量重新激发起自己的工作欲望，精神抖擞地向办公室走去。做到这一点并不容易，因为我觉得自己又陷入了那种连揉成团的纸球都扔不进垃圾筐里的倒霉日子。

我一边忙着打开电脑、让新鲜空气吹进办公室，一边考虑人们是否不需要银行也能活下去。例如，我的奶奶总是把她的钱藏在床底下的箱子里。虽然她也拥有银行账户，但是一直到离世从来没有办理过长期划款委托和收款授权。她不信任银行，宁愿在每个月的月底亲自动手把同样金额的钱款从账户里转出去。

吉姆走了进来，我立刻通过他说话的语气意识到，他还在为昨天的事情生气。

"早安，你过得怎么样？睡得好吗？"我这样问是为了缓和气氛。

"好，你呢？"他的回答十分简短。

"不怎么样，怪怪的，一直坐立不安。简直是筋疲力尽。脑袋里不停地在想对方的提议。"我说话的时候发现，吉姆显然对我提到这个话题感到非常高兴。

"只有我们两个人在一起，他才接受我们，这一点你是知道的，对吧？"吉姆神情严肃地说。

"没错，我知道。他说过，作为一个团队。"我尽量用客观的语气回答他。

"你知道这对我们来说意味着什么吗？"

"你说的'我们'指的是谁？你、伊雷妮和你们的孩子，还是你和我？"

"你这么说是什么意思？"他有些激动地回答道。

"什么叫'什么意思'？我只是想知道，你说的'我们'指的是谁？"

吉姆耸耸肩膀，转过身去，翻看他带过来的邮件。我尽量摆出一副满不在乎的样子，继续埋头工作，与此同时却用眼角余光观察着吉姆。

过了一会儿，他说："好吧，如果你实在想知道，我就告诉你：对我来说，我的家庭比我们的公司重要……"

他的话伤到了我。尽管我知道，他只能这么说。我一言不发，继续对着电脑打字。一想到假如我现在模仿他，用"你这么说是什么意思"去问他，我就忍不住笑了一下。倘若某个场面变得极为严肃，我总是倾向于哈哈一笑。我在学校里就是这个样子。上数学课的时候，我站在黑板前面不知道应该如何处置那些 X 和 Y。我问我自己，字母和数学究竟有什么关系呢？然后就忍不住笑起来。纯粹就是笑！其实我并不认为这件事很有趣。老师当然也不这么看，他们觉得受到了愚弄。我却险些笑得扑倒在地，而且次次如此。在奶奶的葬礼上我的表现也如出一辙。全体亲属都在号啕痛哭，他们拿着面巾纸哽噎抽泣，而我却从向墓穴里撒第一锹土开始就笑个不停。从此以后他们认为我是一个冷酷无情的人。至少我一直认为，他们是这样在背后议论我的："这就是那个在他亲奶奶的葬礼上笑了的家伙。""没错，没错，那个杨恩，他总是那么奇怪。""他现在住在柏林，谁知道他在那儿都做些什么。"

"你究竟为什么舍不得我们的公司？"我被吉姆的问话

吓了一跳。

"我们投入了巨大的精力和心血，况且还不仅是这个问题！对我来说，事情还涉及到卡塔琳娜。另外，也和我其实不想离开柏林有关。"

吉姆转过身去，重新穿上他的夹克，说："走吧，我们去咖啡馆喝点儿东西。"

我们在公司的大门上挂好"稍后即返"的牌子，锁上门，这时人行道上碰巧有一位年轻的女士推着自行车路过。她带着两个小女孩，一个坐在固定在前梁的座位上，另一个坐在车座的后面。我回想起了我在柏林参加的第一次聚会以及和我的第一辆自行车有关的故事。当时我最好的朋友迈伊可刚刚搬到柏林来。第一次遇见她，还是我七岁在叙尔特岛①度假的时候，此后我们年年在那里重逢，一直到我十四岁。在度假这个问题上，她的父母与我的父母一样没有多少想象力。从此以后，我们时不时相互通信。她的到来让我庆幸终于在柏林有了一个多多少少值得信任的人。她第一次独自住进公寓里，决定办一个庆祝乔迁之喜的派对。她在柏林认识的人还不多，我也一样，因此我们想到一个主意，每人各自邀请十个人，这些人再分别带上一位好朋友，男女均可。我们觉得这是一个结识新朋友的好办法。举办派对的那天我必须为德国电视二台制作一个电视节目，一直要工作到九点，因此注定会迟到。另外，我刚刚买了一辆新自行车，所以整个夏天几乎一出门就骑

---

① 叙尔特岛（Sylt）是度假胜地，位于德国北部。

车。我这么做不是出于对运动的热爱，而是因为我发现，比起坐地铁来，骑车可以从非同寻常的角度，更加深入地了解一座城市。遗憾的是，我对路途远近的估算出现了严重的失误，结果十点钟左右才赶到迈伊可家。楼房前面肯定停放着上百辆自行车。我找不到停靠我的自行车的位置了。我觉得自己就像是一个倒霉的驾车者，赶在星期六的上午在一座小城的购物街上搜索停车位。最终，我在角落里发现一杆路灯，于是用巨大的锁链把车和它锁在了一起。刚走到楼梯间，里面已经站满了喝啤酒、抽烟和聊天的人。人根本挤不进这套两居室的公寓里去。早已忙不过来的迈伊可站在客厅里，奋力将不知什么人从书架里抽出来、看上两眼却不放回去的书和唱片收藏到某个安全的地方。客人中的大多数我和迈伊可都不认识。我们简直绝望了。不知道什么时候迈伊可想到一个主意，对我说："快，我们把啤酒和葡萄酒藏起来。"仅仅几分钟过后，饮料已经消耗殆尽的消息便在人群中传播开来。随后客人们就分期分批地离开了派对。

清晨五点钟仍然还有几个顽强的家伙没有离开。他们发现了一个有趣的消磨时间的活动：他们从厨房里起跑，冲过走廊，滑进客厅，最后纵身一跃落在沙发上。不知什么人还用迈伊可的相机拍下了空中鱼跃的图像。

迈伊可请求我："你能不能告诉你的朋友，让他们停下来，好吗？我不觉得这么做很有趣，再说我也想上床睡觉去了。"

我诧异地看着迈伊可，说："我以为，这些人是你的朋友。我根本就不认识他们！"

厨房里有两位女士海阔天空地神聊起来。等她们意识到，原来她们真的已经成为最后两位客人了，虽然嘴里还在一刻不停地聊天，但是总算开始动手收拾酒瓶、玻璃杯、茶杯和盘子，并且帮忙清洗了餐具。草草收拾一遍之后，这两个在此之前与迈伊可和我从未见过面的人，感谢我们举办了这样一个闹哄哄，然而非常美好的派对。她们在离开公寓之前暂时中断了她们的聊天，做了一番自我介绍。其中的一个人是卡塔琳娜，另外的一个我随即就忘掉了她的姓名。一个星期以后，我去送外卖的比萨饼。我端着一个配有金枪鱼肉、续随子、小辣椒、意大利腊肠、油橄榄、小鱼干和双份奶酪的巨型大号比萨饼，站在了卡塔琳娜的门前，我现在还能清清楚楚地回忆起我们两个人目瞪口呆的表情。

早晨七点整，天下终于太平了。迈伊可和我先是一起吃早餐压压惊。这时，一切都收拾妥当了，房间看起来忽然显得那么空旷，派对也让我们觉得没有那么可怕了。我们感到有些落寞，不过也有些亢奋，更多的则是极度的疲倦。

当我打算骑车回家的时候，我的自行车没了。它消失得无影无踪。我愤怒得几乎要号啕痛哭起来，我在街上四处大喊大叫，诅咒全体柏林人。我当天立刻又买了一辆一模一样的自行车，这么做纯粹是出于坚守原则和表示抗议。

几个月以后，有一次看完电影我送迈伊可回家。我们顺着她家附近的街道散步。一棵大树旁边靠着一辆自行车，看上去和我丢的那辆一模一样。钥匙奇迹般地打开了车锁。我们并排骑着两辆完全相同的自行车走完了剩下的路途。

吉姆听完我的故事笑了笑，又为自己点了一杯卡布奇诺。我则点了一杯格雷伯爵红茶。

"杨恩，我能理解你对卡塔琳娜和对柏林的感情。可是我们现在已经三十岁了，不可能一辈子过那种波希米亚人的生活。咱们公司现在的状态好比是：你不停地猛踩油门，却不挂挡。"

虽然我不情愿，但必须承认吉姆的话有道理。尽管我们常常有精彩的创意，但是从来没有足够的资金去完美地落实那些创意。所以我们才把那些创意卖给大公司，例如卖给博斯尼。

虽说如此，我还是不愿意与我的公司就此分离。对我来说，它就像是一个新家，一个属于我自己的王国，在一段时间内比过去的家不知强多少倍。

吉姆摇晃着膝盖，他紧张的时候总是做这个动作。接下来他说："你知道吗，杨恩，到目前为止我还从来没有把时间真正留给我自己和我的家人。我总是在累死累活地工作，想方设法挣到足够的票子。我非常重视我们的公司，真的！我们努力奋斗过。但是对我来说这一次也是一种机遇。对你也一样。"

吉姆和我相识之初，我们两个人正好都作为自由撰稿人以及导演在电视和广播行业里忙碌着。我们两个人都在为新闻报导和文化栏目制作节目，同时也做半个小时的社会批判性专题报道，例如柏林的清洁工、动物收容院、劳动局或者与出租车司机有关的疯狂的故事。渐渐地那些电视台和电台手里的钱越来越少，负担不起像我们这样的人了。他们不再制作新节目，而是不断重播或者在自由市场上购买现成的制作。当我们过了一段时间发现，原来我们不再是没有项目的自由制作人，而是货真价实的失业者的时候，我们出于极度的失望开始去拜访大型的制作公司。我们相互帮助，撰写申请和简历。

尽管我们这些年做过大量的工作，但是我们发现，我们的简历看起来就像是扑火的飞蛾。我当年没有意识到这一点，但是现在我觉得，这一切对吉姆的影响要大于对我的影响。我们自然是没有得到过任何一次面试的机会，也没有参加过任何一次编辑部会议。被拒绝了四十次以后，我先是更换了我的证件照，又经历了若干次失败的申请之后，我们开始考虑自己开公司。

"我还记得当时我们抑郁得要死，因为每天早晨我们的信箱里都有一封新的拒绝信。"吉姆一边说，一边望着咖啡馆的窗外。

"没错，当年糟糕透了。不过话又说回来了，那时候差不多有一半的人都是如此。其实也和社区团结、大家一起同甘苦共命运等等有关系。多少还是有一些浪漫的吧？"

"随你怎么说。"

直到 90 年代末，在柏林的人还是会觉得自己生活在一座蒸蒸日上、前途远大的城市里。然而突然间一切都变了。如今，我走在我家附近的街道上，就可以看到由变化造成的那些迷人的、不过有时也有些悲哀的后果：街的左侧有一家俱乐部，是贝尔恩德开办的俱乐部，从前他经营过一家网上交友中介公司。俱乐部的名字叫做"单身"，因为只有单身的人才可以进去，另外每个人必须带一张单曲唱片，贝尔恩德随后会播放这张唱片。从前是数字的，如今是模拟的。俱乐部里面只有秋千式的摇椅，没有桌子。这样人们更容易互相接近。街的右边是"不醉不买"，我最喜欢的小酒馆。里面有70年代的家具、廉价的二手首饰、自己钩出来的锅垫和带有灌酒设备的吧台。再往前走还有一家小店，一位DJ把他的唱机转盘和两个烘焙华夫饼用的铁模子组合在一起，宣称他会做全世界最好吃的焦糖华夫饼。这家小店的名字叫"四个盘子——二冷二热"。还有一家，出售自己制作的毛毡产品：拖鞋，灯罩，提包，甚至还有杯子。不过，很多从前真正开创了新潮流的人物，不论是开俱乐部，还是创办杂志、报社和网上社区，他们不知何时真的销声匿迹了。不只是在单身俱乐部和毛毡小店里，还在通往勃兰登堡州和梅克伦堡①的农庄里。起先我并没有注意到这一点；直到因为等不到生意，店面空置的浪潮席卷而来，我才发现。应该允许失败，凡事都有失败的可能。在最近若干年间，失败，不再像我们的父母想象的那样，是一件糟糕的事。特别是现在和从前不一样，有了可供模仿的偶像，例如那个在英国把罗孚汽车公司搞垮了的总经理。

当时伊雷妮为我们设计了两款限量版的T恤衫。一款是黑色紧身的T恤，上面印有在黑暗中能够发荧光的文字：

① 勃兰登堡州（Brandenburg）和梅克伦堡（Mecklenburg）均为德国北部联邦州。

"不论你在哪里工作，请替我多多美言！"

我穿着这件T恤衫上街还不到十分钟，就有人跟我搭话："嗨，我也需要这么一件。你在哪儿买的？"随后，搭话的人络绎不绝。在酒吧里，在超市里以及在地铁里，所有的人都想要这件T恤衫。我们干脆赶制了一百件，然后用我们的纸盒包装好，放到柏林最大的劳动局门前。一个小时以后，T恤衫销售一空，许多人相互攀谈起来，聚集在一起形成巨大的人群。趁着吉姆数钱和捋平纸币的时候，我和那些人交换电话号码，建立友谊。我们结识了很多有趣的人。其实这只是为我们的公司举办的启动活动。柏林这里有创意的人多如牛毛，但是他们却似乎不知道如何行动起来。所以在这方面应该可以有所作为！

距离那个在劳动局的下午一周以后，吉姆和我成立了我们的公司，印制了更多的T恤衫，并且开始写资助申请。我们发现写这个比钻研劳动局的表格容易。我们异常兴奋。起初我们设计了各种各样的项目。我们甚至一声令下就可以编纂出各种广告词。我们的一大嗜好就是，把我们小时候熟悉的或者在其他地方听到的流行语印制在T恤衫上。例如"历史可以被创造"、"我想加入青年运动"、"逛街协会会员"、"柏林流氓波希米亚阶级"或者"新苦难"。成功是显而易见的。不久到处都可以看到这些词语。人们突然可以随时在酒吧里的对话中听到它们，在报纸上的文章里读到它们。其他人甚至用它们来写歌。我们的另外一大嗜好就是，我们开始充分利用我们作为电视台记者四处采访时与各大唱片公司建立起来的联系。我们安排那些与我们交情不错的无名乐队参与录制《柔情摇滚》(*Kuschel-rock*) 或者《老大哥》(*Big Brother*) 这样的歌曲合集。有一次我们甚至成功地把我们隔壁办公室里的即兴爵士乐队的一首曲子安插在"德国寻找大明星"系列的一张 CD 专辑里面。我们在一次酒会上结识了一家 CD 唱片压制公司的老板，还有一位来自德国西部某州的著名果酱厂的老板，与此同时我们也创造出了我们最具有划时代意义的项目。我们说服其中一位设计一种瓶盖上可以放一张 CD 的果酱瓶。我们让另外一位压制一张名为"即兴演奏会"的 CD。第二天我们早晨就开始到处打电话，然后在几个小时以内汇集了十四首以早餐为主题的歌曲。其中包括于尔根·冯·德尔李沛①的《早安，亲爱的忧愁，你们也都来啦》(*Guten Morgen, liebe Sorgen, seid ihr auch schon alle da*) 的翻唱版本，翻唱者是柏林最著名的街头音乐家马策·黑克勒，通常他总是抱着吉他站在哈克市场那里②，完美地演绎着绿洲乐队 (Oasis) 忧伤的歌曲以及其他英伦摇滚的经典老歌。

"你说，我们在经营公司的过程中是不是出了什么差错？"我问吉姆。

"没有，不过早晚有一天你得做成一笔惊天动地的大买卖，或者你需要一笔创业启动资金，才能非常专业地把公司经营下去。"

①　于尔根·冯·德尔李沛 (Jürgen von der Lippe) 生于 1948 年，德国知名电视节目主持人及演员。
②　哈克市场 (Hackeschen Markt) 是柏林市中心区的繁华地带。

我的心底隐隐有些什么对吉姆说的这番话感到抗拒，但也隐隐有些什么承认，他说的有道理。

吉姆继续说："你从伊雷妮关于 T 恤衫的创意上就可以看得出来。现在又有一家大公司借用了在儿童衬衫上印'养老金有保障啦'这句话的创意。他们现在在德国、奥地利和瑞士的所有店铺里全面推销这一款衣服。他们能卖出去成千上万件。你必须拥有专业的销售网络才能做得到。你和你的小公司怎么负担得起？"

"可是在柏林也有事业有成的小服装公司啊。"

"你究竟为什么这么担心？"吉姆回避了我的问题。"我理解你关于卡塔琳娜的担忧，可是她自己也觉得这个主意不错。"

"我知道，不过我不太清楚，卡塔琳娜是不是真正明白，住在小城里意味着什么。"

"再怎么说，她也是成年女性了！"

"她是柏林人！"

"你这么说到底是什么意思？"

"柏林人怎么可能了解小城里的生活？对他们来说，小城就等同于法国的普罗旺斯小镇，等于可爱的小石头房子，等于在集市广场上的温柔夜色里喝一杯红酒。"

吉姆哈哈大笑，随后开始享用他的卡布奇诺咖啡。

我自问，为什么当初要远离家乡小城里的父老乡亲，他们身上有什么东西让我看不惯。也许是因为他们永远只从日常生活中循规蹈矩的视角出发去考虑一切：出生、上学、工作、生孩子、建房子、拿退休金。他们去度假的目的地不外乎是马略卡岛、大加那利群岛和位于土耳其一侧的里维埃拉海岸地区①。那些因为有一份好工作而经济条件更宽裕的人，他们的目标就是加勒比海一带。

上一辈人的梦想还是法国和意大利呢。我永远无法理解他们。我一直都想去一次法罗群岛，要不就去摩尔达维亚拜访吸血鬼②，或者在匈牙利吃一顿正宗的匈牙利式炖肉。我突然想起来，吉姆最想去的地方是富埃特文图拉岛③，并且很久以来就梦想着能够在加勒比海度假。我和吉姆虽然有着相似的生活方式，但是也许我们两个人之间的差异比我想象的要大。

"除了博斯尼这件事情以外，我们还得把那个和语言有关系的东西做完。"我尽量让自己说话的语气里显露出勤奋务实的工作态度，同时站起身来。吉姆望着我，我从他的眼神里看到，他已经没有兴趣做任何事情了。在咖啡馆里坐了将近三个小时以后，我终于说服他，再回到办公室，和我一起花些时间制订一下方案。

早在去博斯尼公司面谈之前，我们就答应柏林教科书出版社，为他们设计一种包装特别的外语教材。呈现在我们眼前的方案是在方形的 CD 盒上印上相关国家国旗的颜色。吉姆和我对这个方案从来都没有充足的信心，然而出版社喜欢它，现在我们不得不硬着头皮做下去。我们用了

---

① 这些都是受德国大众欢迎的、比较物美价廉的度假胜地。

② 传说匈牙利的摩尔达维亚地区有吸血鬼聚居的城堡。

③ 富埃特文图拉岛（Fuerteventura）为北大西洋加那利群岛主岛之一，属西班牙。

整整一个下午寻找最便宜的报价，计算租用录音室的费用，写询价书。

傍晚时分，吉姆说："我必须去接孩子了。剩下的事情你一个人能解决吗，要不我再回来一趟？"

"不用，不用，没问题。我的养老金现在有保障啦！"我这么说只是为了刺激他。

"真好笑！不过你一个人到底能不能解决？"

"赶紧处理你的天下大事去吧！"我说。

吉姆关上门之后，我把两张沙发椅拼到一起，躺在上面休息了一会儿。

我感觉到一种令人窒息的孤单，不停地给朋友和熟人们发短信，却没有一个人回复我。终于，地址簿里再也找不到可以联络的对象了。我搜肠刮肚地寻找那些早已被遗忘的电话号码，家乡小城里随便哪个人的都行，但是他们似乎有意让我找不到。每当我发完短信立刻就收到回信的时候，我心里总是有一股怪异的感觉，尤其当消息来自于某位身处另外一座城市乃至另外一个国家的人的时候。这时我会觉得与他们近在咫尺，反而感到有些怪怪的。也许正是由于这个原因人们打手机时最常见的问题是："你在哪儿呢现在？"手机行业通过这句话挣到了多少个百万欧元？而通过死机、重装和卸载软件以及各种各样的文件莫名消失在电脑的数码化五脏六腑里，微软公司浪费了人们多少时间？这些时间又能折算成多少条人命？

所有这些思考都不可能帮助我赶在今天把方案做完并且通过电邮发出去。我打电话给卡塔琳娜："今天回家又要晚了。"我表示歉意。她生气了，每当我推迟我们的约会时，她经常如此，她逼着我许诺最晚十一点赶到她和同事约定的酒吧。等她挂断了电话，我立刻打电话给吉姆，告诉他，我决定接受那份工作。暂且先这样吧。

独立创业的人自己给自己当老板，不过也常常当自己的实习生。所有那些即使是实习生都不乐意做的事情都要亲自动手。自从公司成立以来，吉姆和我从来没有因为生病而留在家里休息过。别人可以轻而易举地向我们压价，因为没有工会和企业职工委员会从中作梗。工资永远是必须准时支付的，但是我们从来不敢抱怨别人付款太迟，因为我们总是害怕这么做会气走委托人——这样的做法在独立创业者的怪诞世界里实在是屡见不鲜。因为竞争太激烈了。

当那些拿着劳动合同的雇员们已经回到家中或者坐在酒吧里或者在度假的时候，他们哪里知道独立创业的人正在忙些什么！我已经把我的双眼训练得可以做到轮流闭合，这样一来我永远可以用一只眼睛继续工作。我发誓，绝对办得到——至少可以坚持一段时间。我热爱这一切，设计各种方案，完全不依赖他人，然后有朝一日亲眼见证它们的实施。它给人带来的感觉类似于幸福的父母们拥有的感受。不过这一次的委托项目又是那种必须用尽全力才能应付下来，可是得到的钱却难以养家糊口的工作。不是因为我们想这么做，而是因为实在得不到其他的项目。我们之所以接受这种低得不能再低的报酬来做这个项目，是因为"也许能够从中得到其他的收获"，例如下一个项目，或许它还更加有利可图一些。梦想有时也会成真，我爷爷常常这样说。不过他已经不在人世了，倘若他还活着，一定做梦也想不到，他的养老金会没有保障。反正他也用不上——他六十六岁就去世了。

我在工作的时候睡着了。我自认为只把眼睛闭上了五分钟，然而实际上已经过去了整整两个小时。我感到头晕目眩，慌了神。我反反复复思量了许久，除了给卡塔琳娜去电话，想不出其他的办法。卡塔琳娜低沉的声音甚至从手机里传出来听上去都那么性感，以至于让我一时不知说什么才好。当年她第一次给我打电话的时候，我向她提出一连串荒诞无稽的问题，只是为了能够多听一会儿她的声音。

我几乎没有勇气告诉她我不去了。我听到她的身后有玻璃杯碰撞的声音，有笑声，还有酒吧里的客人断断续续的谈话声。

"卡塔琳娜，我来不及了……"

她没有回答。

我说："你们在那儿还要待多长时间？也许特别晚的时候我还能赶过去……"

她还是没有回答。过了一会儿，她只是简单地说了一声"再见"，就挂断了电话。

当卡塔琳娜不回答的时候，她或者睡觉睡得特别沉，或者特别愤怒。也许等一会儿我回家以后，我应该立刻躺在沙发上。或许她会再次躺到我的身边，而我才有机会让她把争论推迟到明天早晨。

在我们的方案里将会出现主管团队、零增长、双重策略和人力资源这几个词。它们都让我无法接受。我甚至觉得人力资源这个词像是法西斯用语。吉姆肯定会生气的，不过我还是把它们都删掉了。一个小时过去了，两个小时过去了，三个小时过去了。一个男人在收音机里用响亮的声音唱到："我的时间不是墙上的钟表。"我觉得他在对我唱。已经三点了，我动身回家。我最终没有把那个方案发出去，卡塔琳娜肯定也早就在家里了。

我到家的时候，卡塔琳娜还没有回来。我坐在沙发上。有时候我感到特别寒冷，甚至冬天把所有的暖气开到最大、听着热水在暖气管道里流动发出令人心神俱宁的汩汩声，都无法缓解这种状况。我试着用滚烫的安眠茶来武装自己，创造出一种只有胎儿在母亲子宫里才有的舒适感，但就是无法驱散这种寒冷。我反而冷得发抖，毫无目标地在房间里来回走动。放眼看去，到处都有必须、能够、应该、打算去做的事情，但是偏偏现在不知为何做不下去。睡觉就更不要提了。思路不断地变换着方向，所有的想法在成型之前都化作了丝丝缕缕消失殆尽。即使披着羊毛毯躺在沙发上，也只能勉强忍受下去。

清晨五点。我打开收音机。电台主持人在新模范军乐队①一首动听歌曲的背景下插科打诨。这种做法非常卑鄙，

① 新模范军乐队（New Model Army）是一支成立于 1984 年的英国摇滚乐队。

就像在人们跟着音乐一起哼唱某首歌曲的时候突然播放广告打断音乐一样可恶。

我问自己，卡塔琳娜在哪儿。也许我应该再给她打个电话，可是我觉得这么做像是在监视她，非常可笑，最重要的是一点儿也不性感。随后我听到开门锁的声音。我披着毯子飞身一跃，落到沙发上，头撞到了沙发旁边装饰桌上的小台灯，然后我假装睡着了。

我觉察到，她站在我的面前，呼吸沉重，闻起来有一股勃艮第葡萄酒的味道。我的后背渐渐被压在身下的遥控器硌得生疼。

我等着接受她的一连串责骂，然而我却觉察到她的脸就在我的近前。我很难再将一动不动的姿势和平静的呼吸保持下去。

她用手指按住我的鼻子，说："你没有睡着！你只是害怕我生你的气。"

我考虑了片刻，是否还要继续装睡，随后我说："你是对的，可我不是，这我接受不了！"

她躺在我的身边，久久地凝视着我，然后说："吻我。"

我亲吻了她，但是不知为什么与平时的感觉不一样。

"杨恩，不论我们以后做出什么样的决定。现在我打算先留在这儿！"

各种各样的想法在我的脑海里电光火石一般地相互碰撞。

"我今天得到了有生以来第一个拍故事片的机会。"她说话的时候用充满期待目光的大眼睛注视着我。我非常清楚,拍一部故事片,这对卡塔琳娜来说意味着什么。从我们两个人认识起,她就怀揣着这个梦想。

她说:"我们到底该怎么办?"

我说:"还能怎么办,你这个蠢姑娘。"然后我亲吻了她。她的嘴唇在颤抖,我很难控制住自己的泪水。我为卡塔琳娜感到骄傲,也为她感到高兴,而与此同时我十分伤感,因为我知道,如果她现在和我一起走,她将犯下她一生中最大的错误。

于是我对她说:"事情很简单。我们先保留这个公寓。你为了你的电影留在这儿,然后我们再看着办。"

第四章

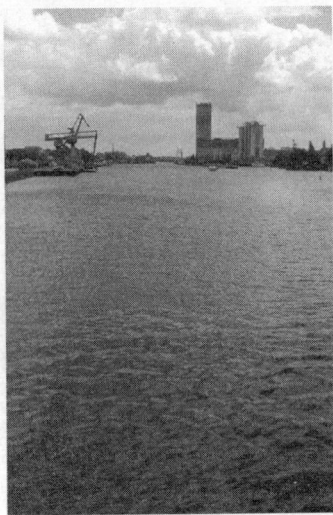

自从我们去面试以后，我每天都提前一点儿时间上床睡觉，每天都强迫自己晚一点儿出门。但是不知为什么我就是无法让自己平静下来。如果我感到实在支撑不下去了，我就躺到床上去，如果我感到有必要，我就起床。

　　卡塔琳娜这几天以来似乎也进入了非常时期。由于她要拍故事片的缘故，我几乎没有机会和她说上话。电话铃响个不停。不是导演和演员，就是制片公司，而卡塔琳娜每次都像一个即将溺毙的人似的冲向电话。不是讨论拍摄地点，就是上网订机票。卡塔琳娜如同着了魔一般，经常出门在外，为了绘制摄影机位草图工作到深夜。影片是关于一个年轻的女人，80 年代的时候和她的嬉皮士母亲一起生活在克罗依茨贝格区①，后来去英国的威尔士寻找自我和她失踪的艺术家父亲。卡塔琳娜谈到这部电影的时候总是特别兴奋，因为她可以在拍摄过程中把她拍摄纪录片的经验融入到影片里，以便充分营造柏林在 80 年代时的色彩。另外故事情节使她联想到她的一位女友。

　　这些日子，她常常躺在沙发上睡觉，不过不像平常那样睡上一至两个小时，而是时间很短，然后我又看到她开始翻阅剧本，研究剧情。总之，连忙中偷闲亲热一下的时间都很难保证。

---

　　① 克罗依茨贝格区（Kreuzberg）位于柏林市区，居民以外国移民（土耳其裔移民人数最多）和大学生为主，还包括一些寻求另类生活方式的人。

我为卡塔琳娜感到高兴，但是我也非常嫉妒她。她多年来努力奋斗的目标如今对她来说显然已经触手可及了。在家里她已经不是简简单单地走来走去了，而是忙忙碌碌地蹦来蹦去。

我想问问她，能否设想一下我们要在我的家乡小城里住什么样的公寓。我已经安排好了三个看房的预约。有一套公寓附带一个小花园，而且价格也很合适。卡塔琳娜从来没有体验过，拥有自己的花园并且在那里吃早餐是一种什么样的感觉。在我的家乡小城这是完全可以实现的。然而在柏林一个属于自己的阳台已经是令人羡慕的对象和彻底的奢侈了。在我家乡小城的城郊或许能够找到一栋独门独户的小房子。不过所有这一切我都不敢说出来。现在提这样的问题，我觉得近乎于荒诞。

与此相反，我问："你觉得，我们是不是应该把这里的一个房间租出去，这样房租就不会那么贵了？要不要我登一个广告？"

"对了，杨恩，我还没有告诉你。一个在影片里演配角的女演员是慕尼黑人，她要租一个房间。我已经搞定了。"

"原来是这样……"

"我是不是应该事先问你一下？"

"不用！"我简单地说了一句，走到厨房里坐下。今天的早餐只有半壶温吞的红茶。除此之外什么都没有。卡塔琳娜今天一反常态，罕见地早早起了床，目的是赶快再看一段今天要和团队成员讨论的剧本。出于这个原因，昨天夜里她把我叫醒，问我对这个、那个的看法，事后我又睡着了。

"你知道你们今天要讨论多长时间吗?"

"大概到三四点钟吧。也许更长。为什么这么问?"

"是这样的，我们明天不是约好了要去看房吗，而且我们计划今天晚上就动身。"

"哎呀，杨恩，我的老天爷，我忘得一干二净!"

"太好了! 幸亏我们说到这件事。这可是我们商量好的。难道现在让我一个人来做决定吗?"

"不是这样的，杨恩，不过今天我真的来不及! 还有那么多事情要办!"

"卡塔琳娜，你到底知道不知道，这件事关系着什么?"

"知道，可是你说我究竟该怎么办? 我想把这部故事片尽量拍好，因为我的未来全靠它了!"

"你的未来? 可是这件事情现在也关系着我们的未来! 还是说根本没关系?"

"有关系! 可是我今天的确来不及。杨恩，你不是也经常赶不上约定的时间?"

她的这番话击中了我的要害，让我无法反驳。我很生气，但是她说得没错。我仿佛已经看见，回到家乡小城的我正在和房东讨价还价，久久难以做出抉择。我讨厌独自一个人做这样的决定。

与我不同，吉姆早已领先一步了。他并没有犹豫多长时间，几天前便定下了一套漂亮的新居：他和伊雷妮当机立断选定了一套带花园的连排式独居小楼。当他把地址告诉给我的时候，我忍不住笑了，因为他住的那条街从前是我上学的必经之路。

我的确害怕选择住地。我做这种事的时候总是缺乏想象力。哪怕是买灯具这一类的东西，我都无法区分，它到底只是在商店里看上去好看，还是同样适合悬挂在家里。所以这些年来我们家的地下储藏室里满满当当地积累了许多家具、灯具和地毯，它们都是我碰巧在商店里看到后满心欢喜地买下来的。等到它们在房间里各就其位以后，卡塔琳娜便开始不停地说服我，说它们特别难看，直到最后我把它们放到地下储藏室里。通常，我这么做，不是因为心悦诚服，而是为了息事宁人。

吉姆和我组建公司的时候，我高兴地冲进储藏室，把所有的宝贝都翻了出来。后来有一天吉姆说，我们的办公室看上去像是一间客厅，或者更准确地说像是一间80年代的时候十几岁小孩住的房间。结果我只好委屈地把其中的一半又放回到储藏室里。

"我们也许可以问问迈伊可，她能不能和你一起去？她的品味和我的没有差别！这样一来你就不会犯错误了。"卡塔琳娜说。

"你不能一起去，我觉得这简直是糟糕透顶，不过既然你打算信赖迈伊可的话……"

我非常生气，因为我隐隐约约觉得，卡塔琳娜根本就不明白，这件事情对我们两个人来说有多么重要。我们今后很可能只有在周末才能见面了。

"我得走了！不要生我的气啊。你先看看手稿，然后把你的意见告诉我！"

她说话间把厚达二百一十七页的剧本塞到我的手里，出其不意地在我的腮帮子上亲了一下，穿上她的外套，然后一个箭步冲出房门外。

因为家里没有面包，我煎了几个荷包蛋。收音机里正在播放"星星"乐队的《什么让你如此崩溃》①。我一边竭尽全力拔高声音跟着一起唱，一边生闷气。

电话铃声响起来的时候，我犹豫了一下要不要去接，因为我完全不了解拍摄地点、演员安排和飞机起飞时间，我也不想和那个有趣而又敏感的导演通话，这几天以来卡塔琳娜一直在狂热地谈论他。

当然我还是接通了电话。

"喂，杨恩，我是迈伊可，你的新旅伴。"迈伊可用淫荡的腔调说。

我笑着用同样的腔调回应她："真是令人愉快的惊喜啊。"

"卡塔②在路上给我打电话，让我保护你和她不要遭受你那恐怖的住房品味的迫害。"她说。

我很庆幸迈伊可打电话过来，至少我现在觉得，也许卡塔琳娜多多少少在意这件事情。终于有人愿意为我花时

---

① "星星"乐队（Die Sterne）是来自德国汉堡的一支摇滚乐队，《什么让你如此崩溃》（*Was hat dich bloß so ruiniert*）为其成名作之一。

② 卡塔是卡塔琳娜的昵称。

间、和我说说话了。

"你愿意一起去，真是太好了。作为报答，你将得到我的家乡小城所能提供的最高级的享受，而我最心爱的游乐场将是送给你的特别奖励。"

迈伊可也笑了。"我感到非常荣幸！"

"六点钟火车站见，好吗？"

"不，我们开我的车去。明天晚上我得继续开车去科隆。我去接你，而且就在两个小时以后，不等到六点！"

因为我还是希望，或许我能够和卡塔琳娜见上一面，或许能够说服她，所以我才计划六点钟动身。现在我为迈伊可的到来感到高兴。我和她非常谈得来。她性格敏感，与此同时又有务实的一面。她是我认识的女性当中唯一一位自己动手修理一切的，甚至连修汽车都不憷头。由于我们已经认识很久了，所以我们不用言语也能够互相交流。"这是迈伊可，我最好的铁杆朋友。"我是这样把她介绍给卡塔琳娜的。虽然说话时我觉得有些怪怪的，像是在形容一位男性朋友，然而这样形容更加贴切。卡塔琳娜立刻就喜欢上了迈伊可。过了一段时间以后迈伊可也喜欢上了卡塔琳娜。如今她们经常一起相约外出，有时候甚至让我觉得有些可怕。

我们在柏林重逢之初，我以为我爱上了迈伊可。但是我从来不敢肯定。至少她经常来我家，而我也常常给她打电话，我们花了很多时间"在一起谈话"。有一天晚上，她在和我一起谈话的时候总是距离我的脸非常近，出于困惑和绝望我去了卫生间，等我回来以后，她突然消失了。一走了之。这让我感到更加困惑。我认为这么做一点儿礼貌也没有，打算立刻告诉她，并且问她为什么离开。当我往她的手机上打电话的时候，沙发里却响起铃声来。这倒也正合我意，我来回摸索了一阵子之后，坐在沙发上，打开了电视。沙发是我的宇宙飞船，房间就是地球，而电视是我的望远镜，我能够用它看到陌生的星系。人们常常可以在电视里看到和听到某些人，人们根本不会相信世上竟然还有这样的人存在。那些真人秀节目令我瞳孔扩张，像吸过毒一样。我常常坐在那儿，无法继续换台，因为电视节目太令人毛骨悚然了，就像是一边看科幻片，一边拜访七大姑八大姨一样。我经常问自己：那些是人吗？还是我不是人？

　　夜里五点钟左右，我终于挣扎着站起身来，准备上床睡觉。然而当我走进卧室的时候，一股热浪迎面扑来。我早晨肯定忘记调节暖气的温度了。通常，早晨闹钟响起来以后，我会一跃而起，把暖气的温度调到最高，然后让闹钟十五分钟以后再响。等闹钟再次响起来的时候，房子里到处都是暖融融的，这样一来我才敢起床。接下来，我把暖气的温度调低，等我用热水淋浴完毕、穿上干净的衣服之后，情况就不那么糟糕了——尽管早起对我来说永远是一天当中最糟糕的一项任务。我认为，清晨早早起床是对身体的一种损害。我认识的人中间没有一个喜欢早起的。要是有人说他喜欢，他肯定撒了一个弥天大谎。我宁愿在床上多躺一会儿，忍受随后而来的忙乱，也不愿意离开暖烘烘的被窝。

我继续往卧室里走，忽然看到迈伊可躺在床上。她的内衣相当引人注目。胸部显得那么柔嫩，有一段时间我摇摇晃晃不能自已，然而随后我听到了轻轻的鼾声，忍不住微微笑了起来。我还在摇晃，不过现在主要是因为疲倦。于是，我把暖气的温度调低，躺在了她的身边。

早晨七点钟，我仍旧毫无睡意。虽说我已经精疲力尽了，但是我觉得我从来没有合过眼，只是感到非常虚弱。我注视着迈伊可，她那豪放的睡姿让我忍不住又笑了起来。她仰面朝天躺着，双臂交叉枕在头后。我用手轻轻地触摸她的胸部。手感特别柔软。从那一天开始，我总是时常回味着这种感觉。

我随后起床下地，站在花洒下面淋浴的时候，我终于松了一口气。有时候行为举止守规矩的感觉真好。我对自己的抉择感到庆幸。我出门去买日报和新鲜的小圆面包，然后做了一顿配有鲜榨橙汁的奢华早餐。可以安静地看报纸，这真是一种享受。看到文化版的时候，我心里想，其实大家平时都应该这么做，这样远离忙乱地开始一天的生活。

"你说，我昨天晚上怎么样？"迈伊可问我，把我吓了一跳。她突然像个鬼魂似的出现，我险些把手中的茶杯扔出去。我用一句欣喜若狂的"令人难以想象"回答她。我坚信，我们就在这个瞬间成为了最好的朋友。

一路上，迈伊可一边开车，一边不停地通过手机的车载免提系统打业务电话。她是一家广告代理公司的业务联络员，经常出差。她踏遍德国、瑞士和奥地利寻访客户，生命中的大部分时光都是在酒店里度过的。在她那里，一切都计划周密。她其实根本没有时间，然而一旦大家邀请她、需要她或者她可以帮上忙，她经常会现身，也不知道她是怎么办到的。虽然她常常说，她办不到，但最终她总是会出现。就像这一次一样。我在欣赏窗外稍瞬即逝的风景之余，观察着她，看她如何打电话，如何运用那些对我来说十分陌生的词汇，如何安排会面，如何设置车上的卫星导航系统。

我佩服迈伊可所做的一切，但是终于不忍继续坐视不管了。我们在一家加油站附近交换了位置，我开出去还不到五分钟，她就睡着了。高速公路是寂寞的地方，繁忙而快速，人必须倍加小心、精神高度集中。与此同时，高速公路又让我变得多愁善感。行驶三个小时之后，高速公路的尽头到了，再往前延伸只有一条超负荷的联邦公路①。从这里开始，我觉得自己到家了。当我远远地辨认出家乡小城的时候，我无法抗拒心中的幸福感。

因为迈伊可还在熟睡，我在联邦公路上驾车围着城市绕了一个大弯，开到一片山坡上。人们从这里可以清楚地鸟瞰全城，当然也包括一些村庄。小城看上去美丽、浪漫，甚至还有些华丽。我手脚僵硬地从汽车里钻出来。迈伊可的样子像小孩子似的天真纯洁。我犹豫了一下，是否把她唤醒，最后还是一个人沿着小径走到几米开外的地方。我眺望小城，陷入回忆之中。

----

① 联邦公路（Bundesstraße）在德国为长途公路干线，与高速公路不同，一般不承担大型货车的长途运输功能。

我的脑海里浮现出许多故事。我所看到的城市的每一个角落，都让我联想到相关的经历。有时候我忍不住笑起来。我想起了那些已经被我遗忘了很久的事物。想起了那些与恐惧和惊吓、爱情和幸福以及莫大的疑惑有关的瞬间。想起了那些我下定决心把这里的一切抛在身后的日子。想起了父母的反对和妹妹的不解，这些都让我良心不安。我还想起了我那些被激怒了的朋友们的冷嘲热讽，他们让我对我们的友谊产生了怀疑。现在，我看到了那些逝去的岁月，还有那些随之而来的改变。小城的上空已然是暮色苍茫，它正在展示自己美好的一面。

迈伊可醒了，我看到她正在对着后视镜修补自己的妆容。我们的眼神在一瞬间相交。她走下车，从后面搂住我，亲吻我的颈背。

"你的那些老朋友还有几个在这儿？"

"我要是知道就好了……"

"去拜访你父母之前，我们还去别的地方吗？"

如果你人在外省，有时间，又不知道你应该做什么才好，那么就去冰淇淋小店或者比萨饼店。每个地方都有冰淇淋小店或者比萨饼店。它们通常都有诸如圣·雷默、威尼斯、米兰或者罗马这样的名字。如果某个被人称为是外省的地区发生了某种事件，它通常都是在有这种名字的冰淇淋小店或者比萨饼店里发生的。我的家乡小城里有好几家比萨饼店和冰淇淋小店，不过只有两家还能让人忍受：米兰比萨饼店和威尼斯冰淇淋店。这两家店都有着各自独特的活力与时间概念。

"你喜欢去冰淇淋小店还是比萨饼店?"

迈伊可决定去比萨饼店,也就是说去米兰比萨饼店。它在一座平房里,临街的一面是巨大的窗户,里面摆放着盆栽丝兰。店内环境是否舒适或者食物是否可口美味,对本地的客人们来说都不重要。这种地方唯一重要的一点是,大家可以坐在里面,观察一切。对那些不坐在里面的人来说,重要的是,他们可以在走过或者开车经过的时候观察到,谁坐在里面,谁在里面和什么人一起坐,还有他们都在聊些什么。根据不同的情况,人们可以决定随后也走进去,或者决定因此而不进去。我在青少年时期花费了大量的时间,与朋友们一起不惜绕远道从比萨饼店和冰淇淋小店前面经过,就是为了看一看,谁在那儿或者不在那儿,然后讨论我们是否应该进去。如果有正被大家看好的姑娘坐在店里,那就再好不过了。如果她不在店里,我们就得看看她是否在别的地方。后来,有了汽车,这一切变得简单多了,不过也麻烦多了,因为如果汽车停在某处禁止停车的地方,就会引发一场大混乱。那是一段徘徊在希望与绝望之间的人生。

据我观察,这家在我眼里和我的钱包一样熟悉的比萨饼店没有任何变化。客人必须首先穿过一道类似于在美国西部片里才能见到的门,然后眼前是一个古老的马车车轮。客人可以把外套挂在上面。大多数人不这么做,而是把衣服放在椅子背上。在此期间罗贝托已经和人们打起招呼来,他对每个客人都用意大利语说"你好"。

罗贝托出生于意大利并且在那里长大成人。他的父母在 50 年代从希腊迁居到意大利。某个夏天，他爱上了一位德国女游客，出于相思搬到了她所在的这座德国外省小城。他和这个女人一起开了这家餐馆。所有这一切至少是二十年前的事情了。不管怎么说我相信这个故事，因为我还是个小孩子的时候就和父母以及妹妹来这里吃饭，认识他已经很长时间了。罗贝托有时候也出没在本地的迪厅里，就着播放的每一首乐曲，独自一个人疯狂地跳个通宵。在吧台，他大声地讲述他的故乡意大利，邀请每个侧耳倾听他的人免费喝上好几杯。我从来没有见过他的妻子，据说她正在厨房里干活儿。

比萨饼店的正中央有一个用各种柔和的彩色灯光照亮的喷水池。

迈伊可问："这有什么特殊的意义吗？"

我说："不知道，不过它一直放在这儿。从前还有金鱼在水里游来游去，也许现在和空气湿度有关系。"

幸运的是，还有一张受欢迎的靠窗桌子空着。我拼命想让迈伊可弄明白这家餐馆的游戏规则。虽说这里所有的人都在观察我们，但是到目前为止没有一个人让我觉得眼熟。

"这里到底什么特别好吃？"

"这里没有什么特别好吃。"

"那你点什么呢？"

"四季比萨或者夏威夷比萨，这里每个人都点这个！"

尽管如此我们还是把菜单从头到尾翻了一遍。与比萨饼和意大利面条有关的页面插在黏糊糊的透明塑料活页里面。整本菜单的外面包着棕色的软封套，上面印着本地啤酒厂的金色厂徽。在菜单的后面几页里还有一些"德式菜肴"：猎人煎肉排、维也纳小牛排和匈牙利式炖肉。色拉分为大份和小份。芝麻菜色拉配樱桃番茄是手写补充上去的。这是新增加的菜。

"你过去经常来这里吗？"迈伊可问我，我回答说："不，不经常来。因为我们的钱不多，所以常去的地方是冰淇淋店。另外在那里我们可以多坐一会儿。不过我们经常事后再从这里经过，目的是看一看谁坐在这儿。"

餐馆的背景音乐轮流播放着阿德里安诺·切伦塔诺和阿尔巴诺与罗米娜·鲍尔组合①的歌曲，这与从前一模一样。

我的心中突然泛起了乡愁。这一切对我来说是多么熟悉。虽然我难以真正容忍这里的一切，包括这里的环境和坐在这里的人的行为举止，但是我从来就没有容忍过这里的一切，所以这也和从前一样，而正是这一点让我觉得幸福。一切都显得那么舒适，它既让我感到害怕，然而奇怪的是，它又让我感到心安。

迈伊可用意大利语点菜。我觉得这么做很尴尬，但是罗贝托感到非常受用，积极配合。我从来没有和罗贝托多说过话，因为我不会意大利语，而罗贝托在德国已经生活

---

① 阿德里安诺·切伦塔诺（Adriano Celentano）为意大利著名流行歌星和电视节目主持人，阿尔巴诺与罗米娜·鲍尔（Albano & Romina Power）为演唱意大利语流行歌曲的夫妻组合。

了二十多年，却仍然几乎不会说德语。迈伊可的礼貌很快就发挥了作用：比萨饼以前所未有的速度被端了过来。还有免费的意大利渣酿白兰地。最后罗贝托又端来两杯浓缩咖啡，用意大利语对迈伊可说了些什么。迈伊可笑了，脸有些微红，却不愿意告诉我他说的是什么。

用餐过后，我们在温柔的夜色里散步。到处都隐藏着回忆，我意识到我正在奋力抵抗着自己的乡愁。当我对迈伊可讲完第三件童年轶事之后，我自己都觉得自己很无聊，像我那总是喜欢讲个人战争经历的爷爷一样。我们于是长时间沉默无语地并肩而行。在一家酒馆附近有三个男人。其中的两个人面对面站着，各自紧紧抓住对方的胳膊，言语含混地交谈着，声音很大。我们从第三个人身边经过的时候，我问他："打起来了，是不是？"

他转向我们，笑着说："不是！喝高了！"

"原来如此！"我应和道。随后，我们看见其中的一个人瘫倒在地，而另一个摔倒在他的身上。从石块路面上传来一声闷响，把我们吓了一跳。

迈伊可紧闭双眼，一遍又一遍地说："哎哟，肯定很疼。"

我安慰她说："肯定不疼，这就像小孩子打打闹闹一样，他们通常不会有事的。"

我们路过一处特别的地方，我在这里曾经经历过一个不平静的夏天。80年代末期在我的家乡小城的中心地带曾经巍然矗立着一栋高大而沧桑的多层砖砌厂房，周围还有大量的小型附属建筑。工厂早在 60 年代就已经关闭了。常春藤和灌木丛先是把厂区变成了孩子们的、后来又成为了另类社团的冒险乐园。可是不知道什么时候这栋房子和相邻的区域被卖给了一家投资集团，与社团断绝了关系。这引发了巨大的混乱。市民们分裂为两个阵营。我们在那个夏天激情澎湃地与不义之财和傲慢的城市发展策略作斗争。大家利用无数个日日夜夜设计出各种备选使用方案，然后向民众展示。大家不分白天黑夜地撰写信息手册，设计传单。与此同时，举办烧烤会和庆祝会，在小组内部进行激烈的讨论。慈善音乐会一场接着一场。我们觉得自己非常强大！有一天的早晨七点，一辆配备着拆卸重锤的工程车还是开到了现场。那里只有为数不多的一些人进行抗议。突然间出现了数量众多的警员补给车辆，面对坐在里面的警察，反抗没有任何成功的希望。那些警察用暴力将场地清空。时机选择得非常巧妙：在这个时间，我们当中的大多数人还躺在床上或者在上班、上学或者去大学上课的路上。当我们得知这个消息的时候，那些建筑已经几乎被夷为平地了。

如今在原地矗立着一座规模庞大的酒店，还有一条购物长廊。长廊里的大多数店面都空着。开业的时候就缺少人气，让人不由得心生怜悯。

迈伊可心驰神往地听着我讲话，但是在停止和驶入两个标志牌之间的某处，她用手捂住我的嘴并且注视着我。然后她微微一笑，说："你在你的家乡小城里住过酒店吗？"

95

"没有，我有这个必要吗？"

迈伊可拉着我的胳膊走进酒店大堂，当年我曾经发誓这辈子绝不踏入这里一步。我们当时经常往正在修建当中的酒店和购物长廊上信手涂鸦，或让各种建筑机械短路。

现在我却站在这里。我的脚下是柔软的地毯，上面织出了酒店的标志。当年遍布青苔的砖墙曾被我们当做足球赛的大门，它所在的位置如今是一道玻璃幕墙，人们可以依稀辨认出位于墙后的休闲健身区。幕墙前面是红色的软垫沙发椅，看上去像是从来没有人在上面坐过。从前小池塘所在的地方，现在是酒店的餐厅。

迈伊可问："你在想什么？"

"想大海。"这个回答毕竟有一半是正确的。

"如果你突然和另外一个女人出现在你的父母面前，他们会怎么想？"迈伊可谨慎地问。

"我的父母会给你倒一杯茶，请你吃些东西，然后找个时间问我的妹妹，让她问我，这究竟意味着什么。"我一口气回答道。

"别生我的气，不过那样我会感到很尴尬。"迈伊可说罢，花了九十八欧元以"最后一分钟的特价"投资了一间双人房，并且问前台的女士早餐持续到几点。然后迈伊可挽着我的手臂，把我往电梯的方向推。幸亏我事先没有告诉父母我要回来的消息。我忽然觉得空气特别干燥，而且一度感到有些冷。

我们乘电梯上楼，寻找 114 房间。钥匙是一张磁卡，这种玩意儿总是得至少插错三次，等你暗自生气，以为找错了房门，突然，门一下子就打开了，照明灯随即射出明亮的光线，房间里的电视屏幕上用彩色字母显示出："热烈欢迎迈伊可女士。我们非常高兴，能够在这里向您——我们的贵客表示问候，祝您享受一段愉快的时光。"

"快看，迈伊可女士，这台电视认识你！"我说。

"真是一台友好的电视。不过我得先冲个澡。"迈伊可一边说，一边注视着我，接着在窄小的浴室前面脱去衣服。

出于尴尬，我背对着她坐在床边上，尽量集中注意力，不停地按遥控器换电视频道。毕竟，自从我们在我那温度过热的房间里共度一夜之后，再也没有两个人一起过夜。我通过眼角余光看到她正在观察我，我相信，她还在笑话我。我以一秒钟一次的速度按着遥控器上的换台键，与此同时迈伊可走进浴室，我望着她的背影，这时电视机突然发出淫荡的呻吟声。我吓得浑身一哆嗦。肯定是我在胡乱换台的时候碰巧按到了付费的色情频道。该死，明天交房的时候楼下那些人不知道会说些什么？

"我能为你帮忙吗？"迈伊可在浴室里喊道。

"不用不用。"我大声喊了一句，迅速转换到艺术频道。

我脱去外衣，只剩下 T 恤衫和内裤，乖乖地躺在我的那一边，用被子把自己严严实实地裹起来，拿起电话听筒。我拨通了父母的电话号码，铃声响起，我却很快又把电话挂上了。如果我告诉父母，我和一个他们不认识的女人在我们小城的一家酒店里过夜，他们肯定会彻夜难眠。

迈伊可卸了妆，从浴室那儿蹑手蹑脚地走过来，看上

97

去非常满意。她用一块大毛巾裹住身体。我避开了她的眼神。她在她的那一侧躺下。她的头发湿漉漉的，在她看电视的时候，我从侧面观察她，看到水珠顺着她的颈背缓缓滴落。然后我把电视机的声音关掉，把灯熄灭。屋里只有电视机的光在无声地闪烁。

"我能和你亲热一下吗?"她问我的时候，我已经觉察到她的双手伸进了我的被子里。我首先感觉到她的手放在了我的肚子上，然后她把腿放在了我的胯上，紧紧偎依着我。

她轻声问："你吃过避孕丸了吗?"

"没有!"我笑着说。

"我们从小冰箱里拿些喝的吧。"她说着，转过身去，坐了起来。我在一瞬间看到了她那美丽而曲线丰满的乳房。她见到我的眼神，笑嘻嘻地望着我说："卡塔的更大!"

"真的?"

"别装模作样了!"

"大小其实并不重要!"

"没错，没错。"迈伊可一边摇头回应，一边嘻嘻哈哈地笑，"男人那里的大小也不重要。"

"好，看来我们算是说清楚了。"

迈伊可打开两瓶小得不能再小、也许却贵得吓死人的红葡萄酒，往我的手里塞了一瓶，我们相互举瓶祝酒，然后对着瓶子喝了起来。

负责早点自助餐的服务员问："您想喝咖啡，还是茶?"

"茶，另外请在黄油面包片上放三粒阿司匹林。"我回答道。

迈伊可整夜一直紧紧地搂着我，弄得我一阵阵地冒汗，苦不堪言。我不断地尝试着甩开她，然而我刚刚脱身，她就像章鱼一样再次紧紧缠住我，绝不撒手。清晨，天蒙蒙亮的时候，我被白床单上大大的一摊例假血吓醒了，其实那不过是洒在床上的红葡萄酒。迈伊可的旅行闹钟响到第五次的时候，我起身下了床。迈伊可含混不清地说了些什么，意思大概是"早晨我什么都吃不下"，然后伸伸懒腰，发誓过一会儿去吃早餐。我尽量让自己的衣着在看房的时候显得严肃可信一些，却在试衣服期间感到自己很可笑，最后决定放弃，下楼去早餐餐厅。

不到五分钟，迈伊可已经梳洗完毕，妆容精致、心情愉快地坐到我的身边，精神抖擞地注视着我。

"你是怎么办到的？"我惊讶地问。

"你指的是什么？"

"你刚才还半死不活地躺在床上，现在已经换上了准备投入战斗的伪装，连头发都吹好了。"

"纯粹的例行公事——不过是装点门面罢了！千万别仔细看。"

"太令人惊讶了！"

"第一次看房是什么时间？"

"十点。"

"离这里远吗？"

"不远，我们五分钟之内就可以走过去。"

"好，这么说我们还有时间。我现在立刻就需要一杯黑咖啡，一盘水果色拉，一份报纸和我的手机。"

"手机，我可办不到，其他的我都能想办法搞到。"

我走到早餐自助区那里，替她取了一杯黑咖啡、一盘水果色拉、几个小圆面包以及奶酪和香肠，为了保险起见，还拿了一个法式黄油牛角面包。然后，我在返回餐桌的路上顺手拿走一份当地的日报，扮作彬彬有礼的服务生把所有的东西摆放在桌上。

她说了一声："谢谢，你真好。"

"我们现在坐的地方，大概就在这儿，从前是一个舞台，有乐队演出雷鬼和朋克音乐。"我强调说。

"你自己也参加过演出吗？"

"没有。从来没有那个胆量。我多半从事组织工作。"

"一到关键时刻，你总是先软下去，是吧？"

"你是什么意思？"我困惑地问。

"没什么！"她挖苦地说。

"我不过是坚持原则罢了！"我尽量让自己的语气听上去很坚定。

"我也一样！"她放肆地说。

"我知道。"我笑了起来。

我们办理交房手续，当账单打印出来的时候，我相信听到了前台女接待员发出的一阵咯咯的笑声。我们沿着一条漫长而陡峭的道路前行。迈伊可勇敢地跟在我的身后，每过一个街角就问我，我们是不是到了，我是否喜欢这里，我在这里是否也有从前的熟人。

"为什么这条街叫里特尔街?"她问。

"当然是按照我的姓来命名的。"我回答道。

我们来到一栋古老的木桁架结构房子①前面。它的外表看上去美丽而浪漫。露在外面的方形木料是红色的,木架之间的格子被涂成白色,上面装饰着各种各样的图案。在那根最高的方形木料上镌刻着一行文字,可惜已经无法辨认了。迈伊可觉得它非常好看,拍了一张照片。一道狭窄的石头台阶通向房屋内部。尽管室外的温度是二十度,但是台阶上刮着阴森森的穿堂风,我立刻感到冰冷彻骨。房间、厨房和浴室位于二楼,三个房间全都不超过十平方米。到处都显得十分阴暗,散发出霉味。

女房东说话带有施瓦本地区的口音:"这栋房子已经有三百年的历史了。这里就是历史的舞台。"我们出于礼貌又在房子里转了一圈。

我们道谢之后,走回到汽车那里。

"我还以为,圣诞老人可怜的助手②在那里面避暑呢!"迈伊可说罢,我们两个忍不住笑了起来。"你为什么要来看面积这么小的套房?"

---

① 德国典型的木桁架结构建筑(Fachwerkhaus)主要以木料搭建骨架式承重结构,由以三角形为主的杆件组成,木架之间填充粘土或砖石块。这种建筑方式在 20 世纪之前为中欧地区主要的民居建筑方式之一。德国保存有大量传统的木桁架结构建筑。

② 在德国(尤其是北部和中部地区),民间相信圣诞老人圣·尼古拉斯(Heiliger Nikolaus)每年 12 月 6 日对儿童实施奖惩,好孩子会从其身材矮小的助手(Knecht Ruprecht)那里得到礼物,坏孩子会受到鞭打。

"我不能确定卡塔琳娜什么时候搬过来，所以我想也许我得先一个人住上一段时间。"

"那也没有必要住在这么一个刮穿堂风的小破屋里。住这里你会得抑郁症！"

迈伊可把钥匙从车顶上方扔给我，说："你开车！你应该比我的卫星导航系统对这里更熟悉。"

我们必须开车去城市的另一端。卫星导航系统用机器人的声音建议："下一条街向左转弯。"

我一直往前开，取道一座跨河的小桥。这样有一些绕远，但是可以沿着一条无比美丽的林荫大道行驶，路边的树木高大茂盛。有些树的前面立着带有红色蜡烛的十字架。我们拐入一条小支路，两侧有许多独门独户和双户合拼的民居。一位身材丰满、系着小花围裙的老妇人站在一个供汽车出入的路口上。她见到我们之后，用力挥手。我们停下车，她立刻把驾驶员一侧的车门打开。

"早上好。你们是来看房的吧？"

"是的，"我说，"我约好的看房时间是十一点。"

"太好了！我感到非常高兴！"她说着，把手伸向迈伊可。

"这位一定是您尊贵的夫人吧？"

"不是，是女朋友！"迈伊可说罢，笑了起来。

"哦，那么你们二位很快就要结婚了？"

"不，不。我只是一位女性朋友。尊贵的夫人有事来不了。"

老妇人既感到惊讶又有些困惑地说："原来是这样，

真是遗憾!"

她转过身去,对准房子前面的花园大幅度地挥舞手臂,仿佛那是无边无垠的加利福尼亚大农场。

她说:"我希望,您喜欢我们这里。我丈夫和我住在二楼,用房子后面的花园。房子前面的这个花园属于您的套房。"

房子前面的花园里精心栽种着黑加仑和覆盆子。园子中央有一棵高大的苹果树,撒下一道美丽的树荫。露天平台旁边种着一小畦番茄,还有很多香葱。如果仔细看就会发现,园子里的半边草地都是香葱。

"这里的一切您都可以拿去用,当然自己种些什么也不错。只要你们愿意。"

我们穿过通往露天平台的门走进房间里。整个套房光线明亮,空间宽敞。朝向前面的两个房间有 70 年代风格的落地全景窗。室内布置搭配得体,简直可以让任何一位柏林的鸡尾酒酒吧老板嫉妒得发疯。第三个房间朝向后面,正好对房子后面的大花园一览无余。每一面墙都贴着白色的粗纤维壁纸,我最后一次见到这种东西还是在我父母那里。宽敞的厨房让人联想起美国的情景喜剧,这一类电视剧在德国通常都在下午播放。屋子里就差全套的软垫家具了。

"我们的女儿一直到不久之前还住在这里。那真是一段美好的时光。我们总是经常坐在露天平台上,同邻居和朋友们一起烧烤。"

"您的女儿现在住在哪里?"我问。

"她搬到布鲁塞尔去了。在那儿的欧洲议会里当外语秘书。"

迈伊可把每个房间都看了好几遍，仔细地来回审视，然后又走到外面的露天平台上，坐在一张长凳上。

女房东观察着她，笑了笑，随后问："你们想喝咖啡吗？"

"迈伊可，你想喝咖啡吗？"我冲着外面喊。

"想喝，如果我们还有时间的话！"迈伊可喊着回答。

"好，那我也来一杯。"

"如果您愿意，也可以喝茶。"

"要是不麻烦的话，那可太好了，您真客气。我能帮什么忙吗？"

"不用，不用！"女房东说话间便消失了。

我又把所有的房间走了一遍，透过每一扇窗户向外看。厨房里摆得下一张大桌子，在一个角落里我甚至找到了一个电视天线接口。随后，我坐到迈伊可的身边，她正在舒舒服服地晒太阳。

"杨恩，这儿简直太美了！如果我是你，我立刻就搬进来。"她重重地吸了一口气，补充说："白天看不见星星，真是遗憾。"

"我觉得这里怪可怕的。完美得就差把可乐广告里面的太阳也搬过来了。"迈伊可诧异地注视着我。

"你看，如此具有诱惑力的小市民生活！按照我妈妈的说法就是饱暖思淫欲。"

"没错！"她笑了，"你们只要再造个孩子出来就行了。"

"好啊，好啊。你就气我吧！"

"为什么？你不是有一次告诉过我，你很想要一个孩子吗？"

"是，没错，将来有一天确实想要！"

"卡塔怎么想？"

"不太清楚，不过我觉得，她现在脑子里正在想完全不相干的事情。"

"要是可能的话，我真的很想要一个。等将来有一天我找到了人生的另一半。"

女房主端着一个巨大的托盘走过来。一杯茶，两杯咖啡，三块加奶油的巨型樱桃蛋糕。

"蛋糕是自己烤的！樱桃是从后面花园里的树上摘的。"

"您真是太客气了！"我说。

"谢谢，蛋糕非常好吃。"迈伊可嘴里塞满了蛋糕，简单地说了一句，她的那块已经被她吃掉了一半。

"您喜欢这儿吗？"

"喜欢，非常喜欢！我必须再和我的女友商量一下。很遗憾，她今天不能一起来。如果您觉得合适，我明天给您确切的回答。"

我们在阳光下的露天平台上又坐了整整一个小时。女房主给我们讲她如何在战后自力更生建起了这座房子。一部分石块是她从被炸毁的火车站偷来的。她说，她的丈夫熟悉这座房子的每一根管道和每一块砖头。她还说,他们非常想念他们的女儿,但是又害怕去布鲁塞尔那样的大城市旅行。

"我和我丈夫在那种机场里肯定会迷路。还有大城市里才有的那些地铁和城铁。不,不,不,这些都不适合我们。"

迈伊可和我又在花园里绕了一圈,闻着各种花香。然而已经下午一点了,我们必须动身返回城里。

第三套房子位于相当靠近市中心的一个老旧的工人聚居区。近几年来,那些留存在我记忆中的简单的房子得到了精心的修缮。精致的墙皮代替了粗糙的灰泥,临近的房屋也被刷成了各种搭配和谐的色彩。所有的公寓都安装上了金属的外阳台。如今附近出现了许多购物场所,甚至还有几家不错的酒吧和咖啡馆开门营业。一些车库被拆除,改建成了儿童游戏场。碎石铺就的晾衣场和坑坑洼洼的草地经过整修焕然一新,并且安装了大量的长凳。

公共福利住宅建设协会的楼房管理员住在同一栋楼的底层,他为我们打开公寓的房门,说:"你们看完了,就直接告诉我。我再把门锁上。"

说罢,他又沿着楼梯走下楼去。这套公寓位于五楼,房型简单而传统。每个房间都大于二十平方米,甚至还有一个储藏室。厨房面积很小,不过完全能够容得下两个人坐在里面。

我们在公寓里来来回回走了几遍以后,靠着暖气片坐在地板上。

"从前我还是小孩子的时候，经常靠着暖气坐，然后看书和写作业。"我说。

"是啊，我也是这样，还给你写信。特别是在冬天，后背总是暖烘烘的。"迈伊可说。

我们在那里坐了一会儿，什么话都没说，只是望着对面另外一间屋子的窗户。

"你在想什么呢?"迈伊可问。

"真奇怪，我在这里反而觉得很舒服。从前这里实在令人绝望，可是现在这个地区挺好的。"

"刚才那个带花园的套房显然更好!"

"但是贵得多。"

我们交换了几次眼神，然后我抚摸着迈伊可的手，把头靠在她的肩膀上，说:"我真不知道，我是幸福还是不幸福。"

"你不过是在为卡塔担忧。不过你根本没这个必要。她只爱你一个!"

她的话让我感到无比安慰。

"究竟为什么没人爱我呢?"迈伊可问。

"别抱怨了! 事情不像你想的那样!"

"谁说不是，我已经单身好几年了!"

"你既有魅力，又性感，还……"

"还怎么样?"

"去照一照镜子: 你看上去漂亮极了!"

"可是镜子不会过来亲我!"

在返回火车站的路上，我们开车穿过市中心，停在那家名叫威尼斯的冰淇淋小店前面。车还没有停稳，我就差一点儿患上中度心肌梗塞。

"我不能进到店里面去！"我说。

"为什么不行？"迈伊可诧异地问。

"如果你非要了解原因，我就告诉你。在前面靠窗的位置上坐着与我同年级的老同学玛努埃拉和西蒙内。对这样的久别重逢，我在心理上还没有做好准备！"

"原来如此啊！"迈伊可说，"你要什么？儿童冰淇淋？巧克力口味的？是否需要我替你问候她们一下？"

说罢，她用力关上车门，我看着她走进冰淇淋小店，坐到一张挨着那两个人的桌子旁边，透过窗户观察着我。服务员来到她的桌旁，她显然点了些什么，随即我意识到，她刚才那么说是当真的。我诅咒迈伊可，然后我生我自己的气，气我自己的懦弱。我的额头上冒出汗来。最后我还是下了车。我这么做纯粹是为了自己的健康。

我走进大门，准备直截了当地解决问题。

"哈罗，玛努埃拉！哈罗，西蒙内！很久没见过面了。你们过得怎么样？"我打招呼的声音显然不小，简直可以说是很大。她们两个吓了一跳，西蒙内惊讶地说："哈罗，杨恩！我们过得还不错！"

玛努埃拉说："你过得怎么样呢？你是回来走亲访友，还是有别的原因？昨天我们正好看见了你妹妹！"

"我过得非常好！"说完这句话之后我实在不知道还能说些什么。我看看西蒙内，然后再看看玛努埃拉，然后再回头看看西蒙内。我发现，在我的家乡小城挑染过的长发大波浪发型显然仍旧十分流行。幸运的是，我突然想起来，玛努埃拉有一个弟弟，在学校里比我们低一个年级。

"玛努埃拉，你弟弟过得怎么样?"

"还不错，他刚刚第二次当上爸爸。"

"噢，那么我要衷心地祝贺他了。你们呢?"

"我的女儿今年上小学。"西蒙内说罢，立刻掏出钱包，向我展示一张小孩子的照片。我点点头，表示出对孩子的夸奖。

"玛努埃拉，你呢?"我问。

"还没有。也许马上就有了。我们正在造人。"

"我们指的是谁?"

"我几年前就已经和托斯腾结婚了，"她傻乎乎地咻咻笑起来，"你难道不记得了?"

我突然想起了什么，但是说不出来到底是什么。"原来是这样啊，没错!"为了避开其他的问题，我补充说，"有人正着急地等着我，我办完事再过来。"随后我坐到迈伊可的身边。

"你这个笨蛋。"

"你才是笨蛋呢!"

我们沉默了片刻，我盯着餐单看。

"刚才真的那么受罪?"

"没那么严重! 你都点了什么?"

"本店特色:'一派胡言'，或者这一类的名字。"

"噢。"

"那到底是什么东西?"

"嗯,如果我没有记错,那是一种类似于黏糊糊的奶昔似的东西,用剩下的冰淇淋做的。"

"你真讨厌!"

"我没骗你。不过味道很不错。"

在冰淇淋小店里最受欢迎的靠窗座位旁边有几张小桌子,它们分别被低矮的塑料花园篱笆隔开。每排花园篱笆上都挂着装满塑料花的花篮。墙上悬挂着镶嵌在画框里的彩色照片,照片上拍摄的都是装饰繁复的巨型杯装冰淇淋,据我所知,店里从来没有卖过这样的冰淇淋。随着时间的流逝,有些相框里的照片已经歪了,不过没有人关心这个问题。

我点了一份冰淇淋混拼,然而端来的更像是混在一起的冰淇淋,不过我宽宏大量地用勺子把它吃了个精光。迈伊可显然觉得她的那份"一派胡言"味道不错,至少我还几乎没有动嘴,她就已经快吃完了。

我们心满意足地吃完冰淇淋之后,又乖乖地与玛努埃拉和西蒙内道别,随后迈伊可坐进她的汽车里。她原本应该在一个小时之前就动身开车去科隆。

"你的导航系统现在肯定会告诉你应该向右拐,不过如果你向左拐,然后从桥上开过去,你能更快地到达高速公路。"

迈伊可再次从车里出来,拥抱着我说:"我真想和你一起搬到那个带花园的套房里去,不过我可不是你尊贵的

110

夫人。"

　　我吻了吻她的脸颊。她坐进车里，关上车门。我的心中颇有些异样。随后，我挥手目送她离去，直到见不到她了，才徒步走回不远处的火车站，坐最近的一班火车返回柏林。

第五章

我回家乡小城找房子之后的第三天，吉姆按响了我家的门铃。他不打招呼便说："在德国，谋杀亲夫的女人没有权利享受支付给寡妇的退休金，你知道吗？"

　　"那我就放心了。"我说道，卡塔琳娜正好在此之前刚回来，我们两个人结结实实地吵了一架。我已经很久没有遇到过她这样妒火中烧了。

　　我和卡塔琳娜经过商量决定租下位于工人聚居区的那套公寓，几天以来，我一直不得不亲自关心成千上万件与搬家有关系的琐碎事情。像往常一样，每当我必须解决某件麻烦事的时候，我都会用稀奇古怪的事情来散心。例如清洁烤箱或者收拾工具盒，我甚至在冬天移栽过盆花。

　　于是，我没有忙着把第一批箱子装好，反而想起来，地下储藏室里还有家具和灯具，它们在卡塔琳娜的眼中丑陋无比，而我却认为也许可以把它们摆放在我们的新家里面。我还在那里找到了两个纸箱，它们历经了几次搬迁却从来没有被打开过。其实人们应该看也不看就把它们扔掉，因为既然人们到如今都从未惦念过箱子里面的东西，至少没有真心实意地想念过它们，那么人们也就不再需要它们了。

　　当然我还是把箱子打开了，而且事态的发展也不出所料，我找到了许多重要的、疯狂的东西。例如一张我的初恋女友戴安娜在卡加咕咕乐队①的海报前面的照片。我上学时用的旧铅笔袋，上面有全班同学的签名，还有一个网球拍——我曾经是一个奋发努力，但却有些懒惰的天才。我找到了自己以前从收音机上转录下来的排行榜金曲的旧磁带，以及我写给戴安娜的情书的复印件。我当年把所有的情书都复印了下来，这样我就知道我写的内容有没有重复，特别是我都透露了自己的哪些隐私。也就是说这样是为了保险。

除此之外，我还找到了一堆没有冲洗过的胶卷。在我十七岁的时候，爸爸教会了我照相。几个星期以后，我就把黑白摄影的高超技艺应用在了我们学校的项目活动周上。这么做尤其能够得到女孩子的欢心，我甚至得到了她们当中几个人的许可，拍摄到一些更加细节清晰的照片。有几个甚至接近于全裸，当然只是近乎于。后来我对照相，特别是在父母家的客用厕所里冲洗照片失去了兴趣。于是那些胶卷便常年被搁置在一旁，直到前两天我碰巧发现它们。我不清楚那上面都有些什么，于是把胶卷全都裹起来，送到冲洗店里去了。我的好奇心花掉了我一百七十八欧元，不过得到的奖赏是，发现了我们学校最漂亮的姑娘当中的一些人的照片，年轻，可爱，与我记忆中的她们别无两样。丢三落四的我，把照片随手放在了我书桌的文件架上，卡塔琳娜就是在那儿找到了它们。她怒火中烧，把厚厚的一大沓照片径直扔到我的脸上。"你这个猥亵的浑蛋。"她大

①　卡加咕咕乐队（Kajagoogoo）为成立于 1979 年的英国流行乐队。

声喊道。其实我根本就不是猥亵的浑蛋。

我竭尽全力用道歉来平息她的怒气，都是年少无知犯的错等等等等，其实我完全可以否认那些照片是我拍的。纯粹是无用的冒险行为。

所以我对"寡妇退休金"这条消息感到特别庆幸，尤其是吉姆能够过来。也许现在情况会稍微缓和一下。卡塔琳娜坐在她自己的房间里，不与任何人说话。我和吉姆先各自喝了一杯苹果苏打水。接下来就要开工了：租来的货车已经停在了楼下，必须把我那些最重要的东西搬进车里去。我们是指望不上卡塔琳娜帮忙了。当我正扛着一个满满当当塞着书的纸箱从楼梯上往下冲的时候，半路上有位女士向我迎面而来。她问我："一切都顺利吗？您现在的财政状况好些了？"我有些糊涂，然而我还是想起来了，我已经很久没有见过的隔壁的小伊冯已经变成了储蓄银行里的实习生默尔泽巴赫女士。"谢谢！"我稀里糊涂地挤出一句话来。

我们几乎把我的房间席卷一空。在接下来的卖苦力行动当中，我们驱车前往吉姆的家，那里已经有几个搬家的帮手正等候着我们。我们渐渐把吉姆和他家人的全部家当搬进了货车里。等我们踏上前往我的家乡小城的漫漫长路时，已经过了中午。伊雷妮带着孩子们开车尾随着我们。我感到伤心，因为我没有来得及和卡塔琳娜好好地道别。

我们到达我的家乡小城的时候，天色几乎已经黑了。我和吉姆把我的东西胡乱地堆放在我租的公寓里。等到我们把吉姆的家具和上百个装满了厨房杂物、书籍和儿童玩具的纸箱搬进他的连排式独居小楼里的时候，已经是夜里两点多了。尽管我们已经筋疲力尽，我们还是连夜和伊雷妮以及孩子们道别，继续开车返回柏林，在明天早晨交还这辆租金昂贵的货车。不到六点钟，我们回到了市区，随即被密集的上班高峰车流堵住了。我还从来没有在清晨这么早的时候在柏林开过车，更不要说开着一辆货车了。过去在这个时间，我们常常才从酒吧里钻出来。我们往往是位于市中心区、普伦茨劳贝格区或者弗里德里希森林区的某个后院俱乐部里的最后一批客人。我们赶到汽车租赁公司以后，不得不又等了半个小时，公司才开门。吉姆想在他那空荡荡的公寓里再睡一会儿，所以先走了。

等我终于把货车停放妥当之后，我又看了一眼货厢。吉姆小女儿的摇动木马孤零零地立在车厢最后面的角落里，我们把它给忘了。我支付了租车费，用胳膊夹着木马，搭乘城铁回家。

我已然疲惫不堪，看什么都是重影的。好几位乘客向我幸福地微笑。

一位老奶奶与我攀谈起来："从前我也有这么一个。"

我疲倦地回报了一个微笑。

她说："当爸爸的这么关心自己的孩子，真好。"

我向她表示感谢。

今天我是面包店里的第一批客人，同往常一样买了五个小圆面包和一块法式黄油牛角面包，同时很高兴地看到了《图片报》上的最新大标题："我的狗仔爹①。"我盯着红头发的女店员，不过这一次我没有出声。

打开公寓房门的时候，我觉得一切都异于往常。屋里极其安静，走动的时候会引发轻轻的回音。卡塔琳娜不在家，我感到很奇怪。我们原本计划一起吃早餐。我和吉姆在高速公路上开车开了一个小时以后，她打来电话，向我道歉："对不起，我没有给你们帮忙，不过你从来没有为我拍过那么漂亮的照片。"

我向她保证，尽快将功补过。她坚持要求我们返回去接她，因为她本来是想和我们一起走的，可是我们当时已经开出去八十公里远了，返回实在不现实。我沉思片刻，考虑是否让她乘火车赶过来，因为我很想向她展示一下那套公寓，不过最后我还是慷慨大方地说："你最好把精力放在你的电影上，我们两个没问题！"

我们约定第二天早晨一起吃早餐。我们吵架的能力都很有限。卡塔琳娜有时候会用意大利语尽情地发泄一通。如果我正在气头上，我总是会忍不住哈哈大笑。这让卡塔琳娜感到更加愤怒，随后她也被感染了，于是我们两个很快又言归于好或者用水枪把问题解决掉。

我的房间里除了沙发，什么都没有剩下。我先在沙发上坐下，看着墙壁发呆，然后我躺下，看着天花板发呆。

---

① 此处影射教皇本笃十六世。原文为 Mein Papa Ratzi，Papa Ratzi 与意大利语狗仔队（paparazzi）一词音似，papa 意大利语指教皇，德语亦指爸爸，而教皇本笃十六世俗姓 Ratzinger，可昵称为 Ratzi。

我渐渐睡着了。不知何时门铃响了，我先琢磨了一下，这是否在梦中，可是门铃声越来越响，看来是真的。

我站起身，走进对讲器。"赶快下来，帮忙搬一下！"卡塔琳娜的声音从听筒里传出来尖锐刺耳。我感到身体内每一根肌肉纤维都在隐隐作痛。我的肌肉因为搬运家具和箱子酸痛难忍，有些部位我以前甚至不知道那里竟然还有肌肉组织。

我拖着疲惫的躯体走下楼梯，站在精神焕发的卡塔琳娜面前，她身边还有两个一米多高的音箱，两台唱机，一台混声器和各种各样的电线。

"这些都是什么？"

"今天晚上的 DJ 设备！意外惊喜！"卡塔琳娜说话的时候，满脸喜悦地注视着我，然后一边拥抱一边亲吻我。

我有可怕的预感，尽管如此还是向她微微一笑，认命了。我们打算今天晚上邀请几个熟人和好朋友，像举办告别聚会那样庆祝一下。我宁愿规模小一点，舒服一些，也不想人太多，太吵闹。最多十个人。

卡塔琳娜至少想请五十个人。"遇到这种事情，大家都这么做。"她说。

然后她和我对"最重要的人"展开了讨价还价，我们最后达成一致，请三十个人。我不喜欢在家里举办大规模的派对。如果是在别的地方，我很乐意参加派对，规模大也没关系，不过自从经历了那次迈伊可举办的灾难性的派对，我认为由我自己来掌握离开派对的时间非常重要。我常常在派对结束之前就恨不得上床睡觉去，但是在自己举办的派对上，主人必须坚持到最后。

然而卡塔琳娜喜欢大型的派对。如果按照她的意思来办，我们会不断地庆祝各种活动：新居落成派对、生日派对、晚餐派对、新春伊始、圣名纪念日、意外惊喜派对、圣诞节和除夕更是一定要庆祝的。

卡塔琳娜根本看不出我是否高兴，她说："我们不是有一个空空荡荡的房间嘛，我们可以在那里跳舞。现在不用，更待何时。反正女演员下个星期才搬进来！"

我们本来打算轮流放上几张唱片，一起舒舒服服地坐一坐。可是现在她又邀请了某个人，这个人又带上另外一个人，而此人据说是个不错的DJ。现如今似乎随便在某个场合放过两张唱片的人都是DJ。不过我已经没有力气对卡塔琳娜的狂热提出异议了。

卡塔琳娜拿起电线和一台唱机。我用力抱起音箱，肌肉的酸痛因此变得更加难耐。三圈之后，一切收拾妥当。当我气喘吁吁地抱着第二台唱机走进门时，卡塔琳娜在走廊里正骑着一匹摇动木马，一边前后摇晃，一边兴奋地欢呼。

"你从哪儿弄来的？"她问我。

"是吉姆的女儿的。我们忘记从货厢里搬出去了。"

"我也想要这么一个。从前我有过一个。我长大以后，我妈妈把它送给邻居的孩子了。没有征求我的意见！"

我把手伸向卡塔琳娜，她从木马上下来，拥抱住我，然后我也骑着木马摇晃了一会儿，她问："我们究竟在什么时候成为了大人？或者说我们现在还不是？"

卡塔琳娜挠了挠头，对着我笑了笑，当着我的面褪下她的裤子和 T 恤衫，然后赤裸着身体躺在沙发上。

门铃暴风骤雨般地响起，我们像是被毒蜘蛛蜇着了似的跳了起来。现在是七点半。我们睡了三个小时。吉姆站在公寓门口。他带来了啤酒、果汁和一箱可乐，还有抱怨。

"见鬼，我刚才以为，你们不在家，连参加你们自己举办的派对都迟到。"

我帮助吉姆把饮料搬进来。卡塔琳娜满腹牢骚地跑进厨房里。

"见鬼，要来那么多人，现在我们什么都没有准备。"

"算了，就让先到的人一起帮忙好了。"

吉姆把设备组装起来。卡塔琳娜和我共同协作解决美食问题。我们在厨房里形成了雇员和雇主的关系。我主要是那个雇员。卡塔琳娜做些零碎的事情，同时发号施令。我一边和面和切洋葱，一边忙着给她递佐料，我的速度显然没有那么快，结果必然导致争吵。

八点钟刚过，门铃就响了。我打开门，门外站着大约二十个我不认识的人，他们打扮得像妓女似的，显然是来参加我们的派对的。一位相貌英俊、身材修长、留着深色披肩长发的男士问我："您一定是卡塔琳娜的室友吧，对吗？"

我无语地转过身，走进厨房。"卡塔琳娜，那些人肯定是找你的！"

"亲爱的卡塔，终于见到你了。"我听着他们的对话。

卡塔琳娜尖声尖气地说："哈罗，皮尔。"我看到她拥抱了那个家伙。根据我的观察，大概超时了两秒钟。卡塔琳娜接着说："你们都能来，真是太好了。"

他们在脸颊上左亲一下，右亲一下，热烈地拥抱，说哈罗的时候声音特别响。

吉姆和我坐在厨房里，老老实实并且一言不发地切着长法棍面包。

"他们都是些什么人？"吉姆忍不住问我。

"不知道。我估计是导演和他的摄制组。"

门铃又响了起来。DJ到了，他毫不耽搁，立刻开始工作。谁都看得出来，他对自己的工作相当认真。

卡塔琳娜到厨房里来，睁大眼睛看着我说："我没指望他们真的会来。我只是随口说说，他们都可以过来。"

"对此我没有什么可说的。"我说话间，门铃又响了。从现在开始，每分钟都有人来。有些是我们两个都认识的，而卡塔琳娜的电影同行们越来越多。没用多长时间，公寓就人满为患了。到处都有人或坐或站。客人当中有许多人都握着一瓶贝克啤酒潇潇洒洒地来回摇晃。因为座位太少，他们或者背靠着墙坐在地上，或者坐在床上，坐在走廊里，坐在阳台上。肯定有一百人，也许还要多几个。

只有我那间驻守着DJ的空房间里，没有人敢进去。DJ通过把音量调高，努力想促使更多人跳舞，但是除了少数几个人胆怯地扭动着胯部之外，没有人陷入狂舞的状态中。

卡塔琳娜的前室友维奥拉也来了，我历来不怎么喜欢她。她把她的朋友马策带来了。维奥拉曾经与一个天才的木匠保持了很长一段时间的朋友关系，这位木匠为她打造了全套家具，更能读懂她尚在嘴边的一切心愿，然而可惜与人交流时存在重度障碍。每当他连夜拜访维奥拉的时候，第二天早晨他至少要沐浴半个小时，同时高唱社会主义工人歌曲，然后一声不吭地离开公寓。有一天早晨，我有幸亲眼目睹他与我们一起吃早餐，吃完半个小圆面包，一口喝光一杯咖啡后，他就走了。全程一句话都没有。不久前我碰巧在街上遇到他，他带我参观了他位于附近的手工作坊。他为我讲解每个细节，我觉得非常有趣，他就像是换了一个人似的。

马策不知从何时起出现在了维奥拉的身边。一个油头滑脑的家伙，四处钻营巴结。这会儿他又古怪地出现在我的面前，想要拥抱我，嘴里第三次说着："哎呀，杨恩，这些女人们呀。"然后摆出称兄道弟的样子捶我的肩膀。我不知道，他这么做的目的是什么。我恨不得禁止他对我以"你"相称，不过幸亏这时候门铃又响起来了。

弗兰茨走了进来，我真是太高兴了，因为他是和我最要好的朋友之一。

"哈罗，杨恩！给你带来一样告别礼物！"

"谢谢你，弗兰茨！"

四四方方的礼物原来是一个相框。相框里面是一座纪念碑的图片。

我和弗兰茨是在电视台认识的。我们立刻产生了精神上的共鸣。我们总是在午休的时候讨论柏林的各种现象。例如一家极其普通的自酿啤酒馆，和法兰克福、汉堡、科隆或者德国每座大城市里任何一个街角上的酒馆没有区别，却突然成为了柏林夜生活圈子里必去的聚会中心。有一次夜里我们走在柏林的街道上，忽然想出来一个主意。普伦茨劳贝格区的一栋居民楼正在进行大修，我们从建筑工地上偷走了一些建材。几根铺设屋顶的木板、钢梁和一袋水泥。我们趁着夜半时分在几个朋友的帮助下，用这些建材在当年还处于荒废状态的弗里德里希森林公园修建了一座像纪念碑似的小建筑物。它看上去有些像斯芬克斯，从左下角向上看它又像是凯旋门。我们从东柏林的一片老墓地里偷了一块破碎的墓碑，上面有模糊不清的金色字迹"1885—1928"，我们把墓碑立了起来。弗里德里希森林公园即将全面修缮，弗兰茨在一个电视专题报道里侧面提及了我们这座本质不甚纯良的纪念碑。我们的一位朋友为《每日镜报》撰稿，她也在一篇文章里提到了它。这样一来就点燃了星星之火。各种各样稀奇古怪的理论传播开来，许多家广播电台对此进行报道。开始我们还觉得很可笑，但是媒体的狂轰乱炸越来越严重以后，我们感到有些不妙。弗兰茨忽然担心起指纹来。然而过了一段时间好奇心逐渐平息下来。公园进行了修缮，纪念碑被人们遗忘了。甚至连我也很长时间想不起它来了。

卡塔琳娜和她的导演已经聊了好几个小时了，不时发出响亮的笑声。我认为，是非同寻常的响亮。不断有人称我为"她的室友"，实在让我感到厌烦。卡塔琳娜和我像笼中的两只老虎一样时而擦肩而过，但是没有相互说过一句话。

我想再往冰箱里放几瓶啤酒，在厨房里看见了蕾吉娜，她也是卡塔琳娜的朋友，我对她的看法有些矛盾。自从移动电话投放市场以来，蕾吉娜到我们家来的时候，大多数时间都在用手机打电话，和其他的人谈论其他那些可能更不错的派对。我觉得有些被她利用了。尽管如此我还是想和她说话，可是她一直在打电话。

我完全没有听到，这么晚了还有人按门铃，不过突然我的老朋友马丁站在了厨房门前，看着我笑。我肯定已经一年半没有见过他了，不过他一点儿变化也没有。

"怎么样？"他说，"你没有想到我会来吧？"

"马丁！你怎么知道今天这里有派对？"

"我联系不上你，然后我给卡塔琳娜打了电话，她告诉我的。"

"我以为你还住在莱比锡。"

"没错，我是旅行顺路。明天要去基尔我奶奶那里。是家族大聚会，因为她要庆祝她的八十大寿。所以我想，我顺便过来看看，明天可以顺路带你一段。如果你愿意的话。"

"太棒了！派对结束以后我帮你把沙发床打开。不过你得注意，躺在那个旧家伙上面别伤了你的腰。"

"杨恩，谢谢，你真是太体贴了。不过我了解那个沙发。我再也不会躺在那上面了。另外，你仔细看看这里的人吧。"

他看着蕾吉娜，挑起眉毛。

"你这辈子也别想让她早晨之前离开。"

我笑了，递给马丁一瓶啤酒，和他一起向阳台走去。吉姆和弗兰茨已经在那里了，除了卡塔琳娜之外，马丁只认识他们，我们从这里旁观眼前眼花缭乱的人群。不知道什么时候，DJ 开始播放警察乐队（The Police）的《你的每一次呼吸》（*Every Breath You Take*）。马丁翻了翻白眼。我也赌天发誓，每次在派对上听到这首歌，都会立刻离开。葛罗莉亚·盖罗（Gloria Gaynor）的《我会活下去》（*I Will Survive*）我还能忍受，U2 乐队的《星期天血腥的星期天》（*Sunday Bloody Sunday*）也勉强在能够承受的范围内。但是警察乐队绝对不行。这会儿居然真的有人开始跳舞了。马丁、吉姆、弗兰茨和我在厨房里拿上几瓶酒，溜走了。开始我有些良心不安，但是卡塔琳娜也许根本无法发现，其他人就更发现不了了。

"我们到底要去哪儿？"吉姆在楼梯间里问。

弗兰茨说："你有手电吗？"

我又快步跑回楼上，取来手电，随后我们来到弗里德里希森林公园。没有花费多长时间，我们就找到它了。它真的还在原地。我们的纪念碑完好无损地矗立在多年前我们趁着夜黑风高之时把它立起来的地方。

我们背靠着纪念碑，围坐在它的周围，喝着饮料，在暗夜里静静地侧耳倾听。突然间，我们几个人全都浑身一颤。我的手机响了起来。电话的另一端是迈伊可。

"喂，杨恩，为了能赶过去，我可是在吃商务晚餐的时候特意把同事晾在了一边。结果你根本就没有出席你自己的派对！你们几个人究竟在哪里？"

"我、吉姆、马丁和弗兰茨正坐在弗里德里希森林公园里。"我说。

"坐在纪念碑旁边？"迈伊可问。

"是的！"

"是的！"

话音未落，她已经把电话挂上了。几分钟以后出现了窸窸窣窣的声音。

迈伊可站在我们的面前说："你们这些疯子！起立！跟我来！否则我立刻就叫警察！"

我们小声地抗议，不过我们也觉得自己挺傻的，于是和迈伊可一起返回了派对。

这时已经几乎没有多少客人了。导演迈着大步向我走来，伸出他的手，说："我不知道，你就是杨恩。"

卡塔琳娜远远地站在后面，正向我做某种手势。迈伊可看着我，用手捋了捋头发。也许我是故意犹豫，或者我等的时间太长了，总之，导演又把他的手放下去了。

我说："啊，那么你大概就是卡塔琳娜拍的那部电影的导演了？"

导演和卡塔琳娜交换了一下眼神。然后他开始滔滔不绝地跟我闲聊。

我努力想尽快把他甩开，马丁动身去一位朋友家，他可以在那儿过夜。吉姆、弗兰茨、导演、卡塔琳娜、迈伊可、两位我认识的女士以及我在厨房里一直坐到第二天早晨五点，聊各种各样无关紧要的事情。迈伊可向卡塔琳娜汇报我们一起去看过的房子，然后她们两个又走到阳台上，谈论的事情大概是不想让其他人听到。

我险些站着就睡着了。最后我实在忍不住了，大声说："朋友们，我上床睡觉了！"然后向各位告别。

迈伊可拥抱着我，我紧紧地搂住她，轻声对着她的耳朵说："我非常喜欢你！"

她顺手掐了一下我的屁股。

不知道什么时候，我感觉到卡塔琳娜正在往我的身上靠。我阻挡了她两次，但是她锲而不舍。我只有投降。

第六章

早晨我和卡塔琳娜一起收拾派对上剩下来的东西。昨天晚上我们两个人一直在听着吵闹的音乐，躲避着对方，所以我们尽量避免谈论这个夜晚。收拾完毕，我准备去银行取现金，有了钱，才能在我的家乡小城购买油漆和刷子以及其他零七八碎的物品。我在临出门的最后一秒钟突然想起来，办理户口迁移，我必须带上身份证。

中午时分，马丁如约来接我。我在门口拥抱了卡塔琳娜。我恨不得再也不放开她。

"祝你拍电影一切顺利。"我说。我对自己昨天醋意十足而且在派对上玩儿人间蒸发，感到很后悔。

卡塔琳娜说："祝你装修愉快。"她对我顽皮地咧嘴一笑。"我下个周末去你那儿，给你帮忙。我发誓。"

随后，我迅速转过身，坐进马丁的车里。我们向城外驶去，一路上言语不多。马丁对我有足够的了解。他知道，在这种情况下他最好不要打搅我。过一段时间以后，我会自己主动开口说话。

我想，我认识马丁应该已经二十多年了。我们两个在小学的时候还相互看不顺眼呢，这其中的主要原因，是我们都想成为莫尼·屈恩策尔的男朋友。后来，大概就在我们各自有了第一辆轻型摩托车的时候，我们通过一场地区足球联赛成为了好朋友，在那次比赛上我好不容易意外地得到了球，却突然看到一群冲锋陷阵的球员向我飞奔而来，我吓得本想把球回传给守门员，但是他却不幸摔倒在地，结果我无意中出错，射中了自家的大门，而马丁是全队当中唯一一个没有责骂我的人。从那以后我们就是一个圈子里的朋友了。

再后来，就在两德刚刚统一之后，我们每个周末都开着马丁那辆大众高尔夫到那一边去，到所谓的"占领区"去①，那里突然不再是另外一个世界，而是只有百里之遥的地方。我们饱览了那里的风土人情，像去意大利度假的游客一样漫游观光，像在法国一样大吃大喝，还像在精心组织的派对上一样认识了很多人，在那里我们终于能够大量购买物美价廉的书籍，而同样的做法在西德只有在存货完备的古旧书店里才行得通。就在这些来来去去的漫长旅途中，我们偶然想到了一个有趣的创意，编一本两德对照词典。特别是马丁，他对这个突如而来的想法简直着了迷，立刻开始在数不清的纸条上写满熟语和单词，随后把它们输入他父亲的电脑里。

有一次我们开车来到莱比锡，在酒吧里碰巧结识了一个新组建的印刷小组②。马丁、我和其他几个人一门心思想出版那部词典。我们打造各种"必死你死计划"③，为寻找潜在的销售市场和合作伙伴绞尽脑汁，然而其实没有人

---

① 这里指从西柏林到前东德去，即两德统一之前的"苏占区"。

② 印刷小组通常由一些有共同政治倾向的人组成，负责印刷与其政治倾向相关的独立出版物，这些出版物往往没有经过出版管理部门的审批或者出版许可。印刷小组在德国上世纪六七十年代学生运动时期曾风靡一时，尤其在左翼学生组织当中。

③ 英语 businessplan（商业计划）的谐音。

真正把这些事放在心上，马丁除外。几个星期以后，我们觉得已经有足够多的东德人搬到了西德来，而且我们也为两德统一做出了一些贡献，因此我们渐渐减少了在"德国东部热带雨林"里的探险之旅，马丁却坚持不懈。他说服那个印刷小组，让他们相信词典与自由表达意见有关并且有助于东西两德增进了解。然后他们开始为两德之间的基层工作编纂词典。

即使没有这项工作，马丁也渐渐远离了我们的视线。他在"五个新联邦州"里结识的朋友越来越多，有一天甚至从东部带过来一个女朋友。曼迪在莱比锡大学读文学系，比他大几岁，总是觉得自己无所不知。在我看来，她就是一个不折不扣的、有心理创伤的东部大婶，不停地对我们讲，我们在西部的生活有多么好。马丁自此目光炯炯，有时候他开着他的大众高尔夫一周去莱比锡三次。我们每次见面的时候曼迪都在场，我们背着马丁把她叫做"东边那一半"。马丁已经顾不上他的工作了。他越来越频繁地临时取消送比萨饼的倒班工作。终于有一天他的老板向他发出了最后通牒。可是这一次他也躲过去了，原因是他立刻给我打来电话，说服我"就这一次"冒名顶替他去上班。

没过多久我就开始平生第一次为比萨饼外卖公司服务。我带上十二个比萨饼以及饮料和送货单在我的家乡小城里穿来穿去。这家要玛格丽特比萨，那家要四季比萨——还有六瓶装的啤酒以及不要放洋葱。我越来越频繁、越来越紧急地以马丁的名义去送货，于是由"这一次"逐渐变成了兼职。其实这份工作很有意思，人们可以从比萨外卖员的视角来重新认识自己所在的城市。比萨饼外卖公司的顾客遍布每一个社会阶层。他们烘焙出来的比萨饼被送到争吵的夫妻手中，送到一群群或百无聊赖、或正在玩电脑的青少年手中，送到不愿意离开床半步的情侣手中，送到那些通过打电话逃避自我监控式减肥的慧俪轻体会员①手中，要不就送到那些躺在医院里靠输液维持生命的老人手中，他们会推荐位于后院的那一条必须越窗而入的秘密通道。

很长时间我听不到来自马丁的任何消息。几个月后，我已经完全适应了这份新工作，有一天门铃响过之后，马丁出现在我的公寓门口，这是我自己的第一套公寓，几周前我刚刚搬来这里。我正处在半梦半醒之间，还非常虚弱。他把操办一场丰盛的早餐所需要的东西全都带来了，甚至包括费特尔咖啡馆②的凝乳奶酪包。

"我希望你这么做确实是出于特别重要的原因，否则你现在立刻就会失去一位好朋友。"

"见鬼，当然很重要！你快穿上衣服，我必须要告诉你一件事。我们……"

"今天是星期六，现在是早晨八点！这简直是人身伤害！"

"快点儿，去穿衣服，我做早餐！"

---

① 慧俪轻体（Weight Watchers）为一家国际减肥公司，以通过自我控制食品摄入量和培养正确饮食观为手段。

② 费特尔咖啡馆是德国马尔堡市内一家历史悠久的咖啡馆。

等我终于在厨房的餐桌旁落座之后，马丁开始娓娓道来。他向我汇报了他在过去几个星期的所作所为。当他向我宣布，他以合伙人的身份把自己全部的资金外加一大笔贷款都投进了莱比锡的印刷小组，我着实大吃一惊。按照他的说法，事情的进展极其顺利。他们购买了一台崭新的大型印刷机，不加思索便动手开印：主要是传单和信息小册子这一类的东西。现在他们正在组建一个小编辑部，准备在莱比锡出版一份独立的城市杂志。"杂志的内容原则上以在德国东部普及政治启蒙教育为主。"马丁说。不过这意味着，首先他们得依靠商业内容挣到足够的钱。

我感到很意外，甚至觉得有些自豪，因为马丁竟然如此重视我们在酒馆里一时心血来潮想出来的这个有些荒唐的"必死你死计划"。随后而来的是麻烦事：他们同时创办了一家出版社，由曼迪负责审稿部。他们打算让出版社成为"继续存在的德意志民主共和国"的首批独立出版社之一，专门推广来自德国东部的青年作家，重印在民主德国时期被禁或未出版的文学作品。"在现如今这样一个正在发生翻天覆地的变化的时代，这绝对是巨大的商机！"马丁兴奋地喊道。我觉得这一切有些过于冒险，尤其是有曼迪的参与以及她作为审稿人的那些计划。从另外一方面来说，我又十分钦佩马丁的勇气、他的意志力和他的组织能力。他继续讲下去，开始描述那些一直可以延续到2000年的规划。按照他的说法，届时将会诞生一家位于德国东部的大型传媒公司，当然它是有社会主义背景的。公司主要关注的不是利润，而是人和思想内容。

马丁所说的一切既让人着迷，又令人感到不可思议。他说着说着，突然从走廊里搬来一个在此之前我根本没有注意到的纸箱。他把箱子扯开，厚厚的一摞书露了出来。他把这些书交给我的时候笑得像小孩子一样幸福。书的装帧非常考究，封面设计典雅高贵。一行大字印入我的眼帘：《德德词典——基本知识与固定词组》。

马丁忍不住脱口而出："我告诉你，它肯定会成为真正的畅销书！我们在莱比锡的集市广场上从小汽车里第一天就卖出去三百多本。那些书商每天像疯了一样订货！我正在开车逐家拜访书店。我们必须开印第二版了！这些是给你的作者样书。利润分红当然也有你的一份。以后……"

我一边笑，一边津津有味地翻阅着这本书。马丁把它变成了现实！我为他感到骄傲。在接下来的一段时间内，我一言不发地翻阅着词典，同时啃着半片小圆面包，那是马丁一边自言自语，一边为我精心涂抹并且递到我手上的。过了一会儿，马丁轻声问我："杨恩，你能借钱给我吗？"

我忍不住又笑起来。

"当然可以，可是你为什么要借钱？这本书的销路不是很好吗？"

"是很好，不过我们必须现在就再版，同时还要出版很多其他的东西。我们计划尽快建设我们自己的项目。目前我们急需资金购买质量好的纸张。"

"你到底需要多少？"

"你到底有多少？"

我的银行账户里有一千七百马克，不过我不打算把钱全部借出去。我出身于工人家庭，我的父母在经济上只能勉强度日。他们为我提供各种帮助，总是支持我，我也以同样的方式来回报他们。然而钱总是存不住。我没有任何资金上的支持。

"我有一千马克！"

"太好了，你能借给我吗？"

我穿上鞋，因为我发现马丁非常着急，不想再把时间浪费在说话和做早餐上面。他迫不及待地想要做事，而我为他感到高兴，因为自从我认识他以来，这是他第一次为一件事情如此投入。我们已经认识这么长时间了，我知道如何评价他的行为。我信任他！尽管如此，当我和他一起去银行的时候，我心里还是有些惴惴不安。

我们走到楼下的大门前，马丁径直朝一辆卫星牌①货运两用车走过去，车里的每一个角落都塞满了德德词典。我再次忍不住笑了起来。

"这家伙是你从哪儿弄来的？"

"它是我用我的大众高尔夫换来的，另外还得到两千马克呢。从现在开始，它就是我们的送货车！"

我满心欢喜，止不住地笑起来。马丁让我开着这辆车兜了一圈。我们在储蓄银行门前停下车，我取出一千七百

---

① 卫星牌汽车（Trabant）是前民主德国唯一的汽车品牌，两德统一后停产。

马克，把一千六百五十马克放到马丁的手上，剩下五十马克留给自己下次采购生活用品。我对马丁说，没想到比萨饼外卖公司已经把钱汇过来了。这是这个星期六我第二次撒谎，我感到很不安，但是我又想，也许一个谎言可以抵消另一个谎言。马丁对我笑着说："谢谢！"这是一句特殊的"谢谢"，因为他说话的时候语调坚定，听上去别有深意。他开车把我送回家，然后立刻驱车而去。我有一种预感，我将很长时间见不到他了。

我刚刚重新躺下——世界上再也没有比星期六早晨吃完早餐以后立刻再睡一个回笼觉更美妙的事情了——门铃却再次响起。站在门外的是马丁。

"怎么了？你是忘记了什么东西，还是已经把星期天常吃的煎肉排都准备好了？"

"你是我最好的朋友！"

他不等我作出反应，便迅速转过身，顺着楼梯走下楼去。我关上门，眼中满是泪水。

一个月过去了，第二个月和第三个月也过去了。马丁没有露面，别人也无法联络上他。甚至他的父母也担心起来，给我打电话，问我是否知道他藏在哪里。第四个月的第一个星期日，我的电话早晨响了起来。我没有来得及接。马丁在留言机里留了言，他说遇到了一些麻烦，但是问题并不严重。又过了四个月，我的门铃响了。我正在洗澡，为了尽量及时过去开门，我险些跌断一条腿。我在门前发现一个信封，里面有一把汽车钥匙，一千六百五十马克和一张小纸条："这里是承诺过应该还给你的钱，因为还款太迟了，免费将你最喜欢的汽车一并奉上。请把那些书放到你的地下储藏室里。以后会把它们取走。感谢你所做的一切。再见！马丁。"

我穿着浴衣跑到街上，在街对面找到了那辆卫星牌汽车，车里面满满当当全是装着书的纸箱。我扯开其中的一个，看到一本曼迪大婶写的诗集。我穿着浴衣，趿着拖鞋，坐进属于我的第一辆汽车里，启动了车子。原本我只想开车围着小区转一圈。我在汽车音响里发现一盘多年前我为马丁转录的磁带。古老的歌曲从破旧的音响里瓮声瓮气地传出来。我漫无目的地行驶在我的家乡小城里，是马丁和我的家乡小城。我经过我们的学校。我想起了我们的朋友圈子，里面包括了那么多各种各样的人，其实他们相互之间没有多少共同点。我想起了我们的班长约亨，数学成绩一直特别好的彼得，还有疯狂的汽车爱好者勒内，他九年级的时候就离校去当学徒了，并且告诉我们，攒养老金要趁早。我想起了丹尼尔，他是全校学生崇拜的偶像和蓝草乡村摇滚乐①的爱好者，还有亚历克斯，他至今仍然住在父母家，仍然抽自己用烟叶卷的烟。我还想起了马丁，那个现在突然办事狂热起来的、安静的马丁。

我把车子停在一座寂寥的小山丘上，在这里可以将全

① 蓝草乡村摇滚乐（Rockabilly）是摇滚乐和蓝草音乐（bluegrass）的结合，后者为起源于美国南部的民间音乐，以班卓琴和吉他伴奏，节奏快，注重自由发挥。

城一览无余。我看了看曼迪的诗，随即惊讶地发现，我竟然很喜欢它们。这些诗饱含着眷恋，深深打动了我的心。我不知道在马丁身边发生了什么事情，但是他远远避开了这里的一切，远离了我们的定期聚会、我们这个朋友圈子、我们的酒吧、我们的家乡，也离开了我！他找到了某种对他来说比我们更重要的东西，而这种东西完全控制住了他，比他的朋友、家人和故乡更加重要。他不让我们与他共同分享。

我相信，就是在这个时刻，我第一次意识到，很快我必定也会离开我的家乡小城。

马丁没有守住他在莱比锡创办的出版社。最终，他因为债台高筑而不得不把出版社卖掉。那本词典被一家大出版社重新包装出版，成为了真正的畅销书。马丁用得到的版税收益付清了债务。如今他住在莱比锡，是他自己创办的那份城市杂志的编辑，不过这本杂志也被另外一家出版社收购了。他和曼迪已经分手，现在与另外一个莱比锡女人同居，她是一位钢琴教师，和前夫有一个即将成年的女儿。

在驱车前往家乡的路上，出于老习惯，马丁和我每见到一家麦当劳都要停下来。开始我们每次都吃奶酪汉堡，后来我们改吃多纳圈，再后来肚子只容得下咖啡了。我向马丁倾诉与卡塔琳娜有关的忧虑，他只是听，并没有向我提出好建议。我就是喜欢他这一点。

我们终于到达了汉诺威，马丁把我放在火车站附近。因为一路上频繁的休息已经让他落后于原定的计划行程，而他坚决要赶回去吃一块他奶奶烤的好吃得不得了的黑森林樱桃蛋糕，所以他没有和我一起下车。我挥手向他道别，直至他消失在我的视野中。我希望，今后与他见面的机会不会再像过去那几年那样越来越少，然后我向火车站的售票服务中心走去。

其实我非常喜欢坐火车，它有时候是非常感性的。在车厢里，人们可以去喝杯饮料，而不必担心必须用膝盖控制方向盘，人们可以自由行动，走来走去，甚至还可以阅读。我平时很少有这么多时间和安静的环境能够用来看每日的报纸。每次坐火车长途旅行之前，我都会去书报亭采购一番，让自己多少了解一下，谁怎样报道什么，这几乎已经成为了一项仪式。有时候我干脆静静地观察车窗外稍瞬即逝的风景。眼睛一睁一闭，人已前行甚远。从前乘客可以打开车窗，与清风游戏，听列车轰鸣。或是让风吹干舌尖，或是将头伸出车窗外，寻找列车的车头与车尾，此时窗外的风会将发型吹乱。我经常看着某座车站或者某个地区，心里想：早晚有一天你要在这里下一次车，仔细看一看这里的风景。那些周围没有村庄围绕的寂寞农庄令我着迷：那里的生活是什么样子的？夜里害怕意外停电吗？如果看一场电影或者借一盘录像带都要开很长时间的车，难道不会感到烦恼吗？或许住在那里的人可以自娱自乐，因为他能够有更多的时间了解自己？没有繁忙？没有交通噪音？没有后院楼群的天井里传来的喧嚣？

火车在这个时间段通常都会爆满。此时坐车简直是自找罪受。我又忘记了，乘坐区间慢车和乘坐特快列车不是一回事。人们像罐头盒里的鱼一样挤在过道上，坐在自己的箱子上，或者蜷伏在自己的旅行袋上。吸烟车厢里只能看到阴霾的烟雾。一个戴眼镜的男人正伸手在外壳闪闪发亮的公文箱里摸索，他旁边坐着一个十九岁的女孩，皮肤被阳光晒成棕色，显然正在专心致志地钻研美容技术。他们两个人之间可能会出现荒诞的对话。我有幸在厕所门的前面找到了一个站位。这样虽然不是很舒服，但至少比坐在双层车厢上下层中间的楼梯上要好得多，因为那个地方总是有人来回走动。不过总是有人要上厕所，所以这个不错的站位也要每隔五分钟转移一下，每当我听到马桶冲水的声音，我就又要向旁边移动几步了。后来我干脆发明了一套舞步，向前两步，向左转身，向后两步，向右转身。终于，我的节奏被打乱了，因为我自己也要去上厕所了。这样也不错。当我在火车的厕所里"站着小便"的时候——这里是唯一一个男人可以不必顾忌小便会溅到马桶盖上的地方，我在想："其实这里面挺宽敞。"于是我留在了厕所里。我坐在洗脸池上，双脚蹬在马桶盖上支撑着身体。如果我伸长脖子，甚至可以透过天窗看到些许窗外的风景。我盼着能够见到我的父母和新居。事情的进展太快了，我庆幸自己在正式去博斯尼公式上班前，还有一周的自由时间。

　　火车到达了我的家乡小城。我走下火车，列车和过去一样停靠在前面，在第四站台。很多乘客在这里下车。我觉得有些人眼熟，但是我不敢肯定。火车站的灯光明晃晃的。过去这里的光线总是十分阴暗朦胧，照明灯只打开了一半或者三分之一。现在甚至有了女性专用停车位和电子显示牌。上了年纪的火车站站长施密特夫人再也不会既紧张又慌乱地通过扩音器喊："火车今天晚点到达！"替代她的是一个仿佛来自《星际旅行》[①]里的疑似女性的声音，她无动于衷地宣布："173次区间慢车预计晚点五分钟。"哪怕火车已经晚点了十分钟或者十五分钟，她的腔调也不会有任何变化。这种情况在施密特夫人那里绝对不会发生，尤其是当人们目瞪口呆地盯着她看，或者当着她的面比比划划责怪她思维不正常的时候。大家可以亲自质问施密特夫人："车到底卡在什么地方了？"或许人们这么做不仅是为了获取信息，更主要的是为了打发时间。施密特夫人则满头通红，立刻抓起挂在墙上的电话话筒，和火车司机通话。

我穿过车站大厅，这是当年火车站里唯一没有被战火摧毁的部分，然后沿着站外的火车站大街走下去。我正在好奇，究竟为什么德国其他城市里类似这条大街的街道都要叫做"火车站大街"，这时有一辆车突然在我身边吱地一声停了下来，玻璃镀着膜的电动车窗缓缓降下。一张我熟悉的脸露了出来，说："嘿！竟然有这种事！我好久没见到你了！你想去哪儿？上车！"

---

① 《星际旅行》（*Star Trek*）是一个始于20世纪60年代的美国经典科幻电视剧系列。

我本来盼着能够一路走回家去，想顺着火车站大街途经教堂，然后沿着长长的步行街走。我想在老字号费特尔面包房和糕点屋买几块闻名遐迩的凝乳奶酪包，然后和我父母在喝咖啡的时候一起吃。我想在新居装修好之前，在父母那里住上几晚。我希望能够享受慢慢走回家的乐趣，然而出于礼貌，我还是上了车。反正糕点屋已经关门了。

"简直令人难以置信！你过得好吗？我们可真是很久没有见过面了！"我对勒内说。

"你是知道的，坏人的日子总是过得很滋润！"勒内送给我一句他的经典语录，随即追问："你也是刚刚坐火车来的，对不对？其实我已经看见你了，可是根本不敢相信，老兄，我不能肯定见到的就是你。你看上去和从前一样。老兄，我可是已经有白头发了！要去看你的父母，还是另有原因？我开车送你去！我还记得他们住在什么地方，也常常能见到他们！说说看，你准备住多长时间？"勒内一边自言自语，一边闯过三个红灯，然后抄近路从人行桥上压了过去。我刚下车，他就消失得无影无踪了。

勒内当年与马丁、亚历克斯和我是同班同学。他几乎和所有人都是朋友，但是据我所知，他从来没有一个真正的最要好的朋友。他不属于任何一个朋友圈子，然而他不论在哪里都很受欢迎。他在哪里，他就是哪里的一分子，如果他不在，也没有人会特别想念他。他是第一个有女朋友的，他也是第一个顺理成章和女朋友做爱的。他是我们当中第一个考取驾照的，也是第一个顺理成章配备了汽车的。我们大家都很高兴，让他开着车带上我们在城里和乡间漫无目的地闲转，去以前无法到达的乡村小酒馆喝上一杯。每次他都让我们当中的一个人用他的车开一会儿。这种感觉太棒了，我们认为一边开车一边听《再次上路》①这首歌，感觉非常奇特。勒内父亲的"货车加油站"②磁带引发了我们一阵阵的热烈欢呼。我们扯着嗓子跟着一起唱每一句。后来我们改为听"发电站"乐队的《高速公路》（Autobahn）这首歌——它特别适合夜间开车的时候听。我们不停地一起唱"High，high，high 在高速公路上"，一直到很久以后我才知道，歌词原来是"开，开，开在高速公路上"。

勒内给我们讲了许多疯狂的故事，都和胸罩、性感内衣以及那下面的一切有关。尽管我们当时已经对此产生了一丝怀疑，但是这并不重要，那绝对是一个非常棒的夏天。我们觉得自己无比强大、所向无敌。重要的是：我们是一个整体，我们相互倾诉一切，我们交流各自的经历，以及更多我们很想亲身体验的事情。我们当然也互相通报那些据我们所知不正确的事情。

然而那个夏天令人遗憾地以一种极其突然的方式结束了——赶在了我们当中的其他人能够拿到驾照、拥有一辆汽车、找到一个女朋友并且和她顺理成章地做爱之前——

---

① 《再次上路》（On The Road Again）是一首知名的乡村歌曲。
② "货车加油站"（Truck Stop）是一支德国乐队，组建于1973年，以演唱乡村及德式流行歌曲为主。

也赶在了我们或许能够发现原来勒内讲给我们听的一切与事实不尽相同之前。

在我们的家乡小城和通往高速公路的联结马路之间有一条绿树参天的林荫大道，勒内在那儿教那个年纪比他小很多的女友开车。他的女友被眼前一辆正在超车的汽车吓了一跳，随即猛打方向盘。他们与迎面开来的一辆汽车发生了正面碰撞。至于他大哥的朋友就坐在正超车的那辆汽车里并且为了打招呼打开了汽车的大灯，这一点勒内几个月以后才告诉我们。勒内奇迹般地活了下来。其他人却没有。他的女友和他大哥的朋友都死于非命。

我从我爸爸那里听说了这场事故，而他是在做饭的时候从收音机里听到的。当时，我们在学校里感到非常震惊，没有人知道应该怎么去面对这件事，也没有人知道应该如何谈论这件事。我们经常去医院看望勒内，他恳求我们去参加他女友的葬礼。这次事故以后，我们不再强大，也不再所向无敌。

勒内驾驶着轮胎吱吱作响的汽车飞驰而去，剩下我一个人站在原地，在这条小街上住着我的父母。我不清楚自己应该有什么样的感受，因为毕竟这次不是像平常那样的一般性拜访。这次不一样。我觉得这一次像是回家的感觉，可是它却让我吓了一跳。我不能确定，最近这几周以来发生的一切确实是我想要的。自从我记事以来，我就认识这条小街上的一草一木。那些房子，那个入口，还有我最喜欢的那棵树。孩子们在院子里玩耍，他们让我想起了小时候的我。

孩子们当中的一个与我打招呼，问我："您要在这儿找什么人吗？"我吓了一跳，这个孩子竟然用"您"来称呼我！最近这种情况出现得越来越频繁，我绝对不希望去适应它。是什么问题来着？我觉得这个问题似乎是我自己对自己提出来的。我真想说："没错，找我的过去。"不过我同样可以说"找我的未来"。

因为我难以给出抉择，所以干脆什么都不说。我觉得自己仿佛被人推进了一间挂满了回忆的大客厅。多年前，我为了新的开始而脚步匆匆地离开它。我把一切都抛在脑后，冲向陌生的世界。多年后的现在，我重新站在这里，对我的生活、我的女友和我的未来不再拥有信心。

妈妈已经站在阳台上向我招手了。我忍不住笑起来，因为她一直都是这么做的，而且她将继续这样做下去。她第一次这么做的时候，我记得，是我第一次早晨自己去面包师傅那里买小圆面包。当我第一次自己去幼儿园的时候，她也是这样招手的，后来当我上学放学的时候，她仍然这样招手。她也这样向我爸爸和我妹妹燕妮招手。妈妈不是简单地招招手，而是像飞机导航员一样用力地挥舞手臂，仿佛她害怕我们会错过自己的家园。

只要来人差不多位于能够听到喊声的范围内，她就开始说话和提问题了。

今天她像平常一样开始发话了。"你终于回来啦！"

然后就变得益发不可收拾了。"你的行李重吗？"

"你饿不饿？"

"你累吗？"

"要我给你泡一杯茶吗？"

妈妈通过说话陪伴我走完离家的最后几步路，当我已经来到房门前的时候，她不得不拼命踮起脚尖才能看到我，而爸爸像平常一样从楼梯间走下来，为我打开房门，帮我提箱子。从前，我参加学校的出游活动回来以后，或者后来度假归来，都是这样的，现在仍然还是这样。这就是所谓的强迫性动作。从前，有些时候我觉得无法接受这样的做法，因为所有的邻居都能听到我们的对话。现在我却觉得很有趣。

爸爸接过我的提包，说："怎么样，胖子？"然后走在前面上楼。我不知道我的父母为什么经常叫我"胖子"，因为我从来都没有胖过，现在也不是胖子。妈妈靠在楼梯的扶手上，看着我笑，问我："这一次你住多长时间？"

我企图开个玩笑："什么叫多长时间？我重新搬回来住！"我的心里有一种怪怪的感觉，因为妈妈每次这样望着我的时候，我都能看到她的嘴唇在抽动，于是我知道，她被深深地打动了，眼看就要落泪了。在这样的时刻，我历来手足无措。

我拥抱了她一下，发现她的头上又增添了几多白发。我颇感困惑，因为我从来不觉得我的父母比我年长这么多。也许是由于他们什么都和我们一起做的缘故。直到我从家里搬出去，我才觉察出他们身上的变化。卡塔琳娜总是说，通常六十岁的女人只能在成为"干瘪的老太太"或者变成

"肥胖的蠢婆娘"之间作出选择。不过我的母亲再一次证明世界上还有另外一种六十岁的女人。

爸爸不知何时已经坐到了他最心爱的位置上，就是那把位于厨房餐桌、电视和炉灶之间的三角地带上的藤椅。那里是他的控制中心。他像往常一样点燃一支香烟，然后又站起身，开始煮茶，嘴里唠叨着，时不时看一眼电视，顺便抱怨一下电视里正在播放的愚蠢节目。妈妈此时正在为我操心。我已经尝试过多次，让她戒掉这个毛病，但是到目前为止没有取得任何值得称道的成绩。我一屁股坐到厨房里的沙发上。这里是世界上最美好的地方之一。

在这里，在这张沙发上，我已经度过了无数的时光。我在这里学会了第一批字母，我在这里奋力抵御过对于数学课堂测验的恐惧。这张沙发如今又放在了窗户下方，不过明天情况就可能会发生变化。

我的妈妈狂热地喜爱收拾房间。这个习惯已经多次导致严重的事故。我过十八岁生日的那天，深更半夜才回家，于是打算倒在沙发上。一阵轰隆巨响之后，我掉进了花盆里。妈妈晚上把沙发移到另外一堵墙前面去了。我的父母从卧室里出来，捂着肚子哈哈大笑。

妈妈非常严肃地问爸爸，他是否可以关上电视，开始做饭。晚餐有我最喜欢吃的菜，我曾经暗地里盼望能够吃到。我的父母对此当然心知肚明，而我也知道他们了解这一点。我必须承认，这样的事情能让我感到幸福。趁着爸爸正在切洋葱，我拿出几件礼物来。送给妈妈几本书，我还带回来几张爸爸最喜欢的六七十年代的音乐组合的 CD 唱片。我根本不知道他是否真的会听这些唱片，不过对我来说这是一种教育手段，因为爸爸已经不像从前那样喜欢听音乐了。我觉着很可惜，因为他早年间甚至自己组建过一支乐队，还举办过音乐会呢。

妈妈即将向我提问题的时间慢慢地逼近了。自从我决定接受博斯尼的工作机会以来，到目前为止，我一直避免与父母进行较长时间的谈话。我能感觉得到妈妈有多么紧张。那些都是无法回避的问题，已经折磨了她很长时间，然而那些问题我很可能无法——给出答案，因为我自己也不知道如何作答。我很清楚，爸爸只会在一旁侧耳倾听，或许偶尔给出一两句简短的评论。过一会儿，等我的妹妹回来，她肯定能觉察到，妈妈已经彻底盘问过我了。她会坐到我们的身边来，一句话也不问，只是和我们一起进餐。然后，等她回到她自己的家，她会给妈妈打电话，了解重要的内容。妈妈会对女儿的来电感到高兴。燕妮会建议她不要想那么多。最后，妈妈会和爸爸一起去睡觉，再自言自语地把一切考虑一遍。第二天早晨，如果我还在我小时候的儿童房、如今我爸爸的工作室里睡觉，妈妈会走进来对我说，让我给燕妮打电话。我在城里逛街的时候，会路过燕妮的办公室。然后燕妮会向我提几个问题，最后会向我解释妈妈的想法。这些都是约定成俗的仪式，我们一直以各种各样的方式维护着它们，但是这并不意味着，我们不能公开地讨论各种事宜。每个和睦的家庭里都有一些暗角、弯路和幽径。至少我们家是这样的。

妈妈委婉地开了一个头："你现在在那儿得到的是真正的正式雇用合同吗？"

"是的，相关的内容一项不少。"我简单扼要地说。

"是这样啊，说说看！"她好奇地问。

"哎呀，不就是固定的工作时间、带薪休假等等吗。"我有些不耐烦地回答道。

"听上去挺不错！"妈妈努力调动着气氛。

"是啊，特别是现在再也不用为了医疗保险和养老保险操心劳神了。"我说罢，心里觉得自己特别庸俗。

"那你真是运气好！"

爸爸插话说："主要是因为现在有那么多人失业。你真的应该感到庆幸。"

"没错，我确实感到很庆幸，不过——"

"怎么了？"妈妈问。

"你肯定能想得到！我和卡塔琳娜在柏林有一套漂亮的公寓，我们的朋友都住在那里，尤其是卡塔琳娜在柏林有她自己的工作！"

"她难道不能在这儿找些事情来做吗？"

"在这里她能做什么？卡塔琳娜想拍那种真正的电影！"

爸爸起身，去了卫生间。当事情变得越来越复杂的时候，他总是这样一走了之。

"不过，你们周末不是还可以见面吗？"妈妈执著地问下去。

"当周末情侣？我可是一点儿兴趣都没有！"

"我能理解。"

"是这样的，我们决定现在先租一套我一个人能够负担得起的公寓，当然我们两个人也可以一起住在里面。目前她先拍她的第一部故事片，等她拍完以后，我们看情况再说。尽管如此，我不太清楚，她会不会喜欢我们这里的生活。"

"你们两个人认认真真地谈过这件事情吗？"

"谈过，可是其实我自己也不是很肯定，我现在的做法是不是正确。这几年打下来的所有的基础，我全都放弃了。就是为了得到一份稳定的工作！"

"不过，大家都会对这种做法表示理解的。"

"但是这种做法会不会多少有一点儿庸俗？"

"这是卡塔琳娜说的？"她一边问我，一边给我们续茶，然后往她自己的茶杯里放了四块冰糖。

"不是，是我的想法！"

"可是在柏林的那种独立自主的生活也经常带给你很大的负担……"

"没错，我承认。"

"你们不会因为这件事情就此分手吧？"

"你说什么呢？不会的，完全不在考虑之列！也许她过一段时间就会搬过来。也许总能找到解决的办法。"

这时，我听到开门的声音，妹妹走了进来。总算得救了！妈妈不可能真正理解这一类事情。什么自己开公司、做"项目"以及"打工"，这些对她来说全都是难以理解的，并且与她所追求的安全稳定相差甚远。她还从来没有真正离开过这里。她属于这座城市的元老级人物，倘若她必须去别的地方，并且时间比度假略长一些，她立刻就会觉得自己失去了根基。

妹妹把我从妈妈的盘问中解救了出来。我非常感谢她，因为我越是谈论我内心的恐惧，它们就越是强大。

爸爸正在做世界上最美味的菜——浇着很多续随子酱的柯尼斯贝格肉丸，而妹妹和我坐在沙发上聊着从前的事情。我的父母感到很幸福，因为我们又聚在了一起，和从前一模一样。不过从前我们可不像现在这样相处和谐。

第七章

我们度过了一个阴雨绵绵、倦意浓浓的星期日，除了做饭、吃饭和玩扑克牌以外什么都没有做，星期一爸爸和我一起去买油漆。他特意为此请了假。然后我们开车去我的新居，刷墙一直刷到暮色低垂。我的爸爸是一位非常体贴的助手。他在工作的时候话不多，只是需要定时休息一下，要么喝茶，要么抽烟。在此期间，我不断地试图联系上卡塔琳娜，然而一直未能如愿，似乎总是赶上她正在外面奔波。

我们八点钟的时候回到我父母的家中，我的妹妹也在那儿，我们一起吃晚餐。不知何时电话响了起来。爸爸去接电话，笑了一声，把电话听筒递给我。我的老朋友亚历克斯从勒内那儿听说我回来了。

我们约好今天晚上就去我们以前经常聚会的酒吧见面，就是那间位于城区边缘的"危险"酒吧。我和我的父母、我的妹妹又一起坐了一会儿。

十点钟左右，我在父母的浴室里向自己的青春活力发起挑战，为激动人心的夜晚做好准备。谁知道我还会遇到什么人。当年，当我搬离这座城市的时候，我心情非常轻松，因为这座城市对我来说过于狭小了，有时候我甚至觉得它再也容不下我了——我总是在街上遇到熟人，永远有人来找我，每一家商店、每一间医生诊所，甚至每一座加油站里面都有我认识的人。我觉得自己显而易见受到了束缚。

如今我却重新充满了兴奋感。我已经很长时间没有在家乡小城里外出过夜生活了。我似乎又有了与当年第一次去迪厅跳舞类似的感觉。我对我的父母说，他们不用等我了，随后动身出门。

我走在家乡小城狭窄的街巷里，忽然又意识到，这是一个怎样奇怪的小城啊。居民之中有三分之一是大学生，他们在这里放纵自己，过着狂飙突进式的生活，结果把本地原住民的日子搞得一塌糊涂。20世纪60到70年代是这座城市所经历过的最为动荡的时期，直至今日那些联合租房的房客仍然令老房东们心惊肉跳。房东们往往在多年之后才发现，承租房屋的主要房客早已经不住在他们的公寓里了。新的合租房客甚至常常根本不认识先前的主要房客。房东只有连着三个月没有看到房租转入自己的银行账户，才会发现房客已经搬离了公寓。另外一方面，学生宿舍又令所有的大学生心惊肉跳。在那里举办的派对一场接一场。大家几乎没有时间睡觉，冰箱永远被洗劫一空。我们在中学生时代就体验过大学生宿舍里最疯狂的派对，观察过大一新生如何陷入吸毒的幻觉中，当然也见到过家境良好的经济系和法律系学生为了通过考试在拼命学习。然而本地人绝对不会住在这种学生宿舍里。住在这里的先决条件是上大学，而我们的朋友圈子当中没有一个人中学毕业之后有这样的打算，即便撇开这个因素不予考虑，我们总是觉得，住在这里就等同于自甘堕落造成的社会地位下降。至于和其他人一起合租，这种做法在如假包换的本地人眼里完全是叛变投敌的行径。而和父母住在一起，甚至晚上还和他们一起吃晚饭？这绝对不可能！于是只剩下自己租房这一条出路了！当年，这对我们来说，意味着我们大家必须更加勤奋地出去打零工，因为我们的父母基本拿不出钱来赞助我们。

　　我迈开大步走在温和的夜色中，感到自己仿佛在经历一次冒险的旅程。在酒吧门前，我暂时停住脚步，深深地吸了一口气，让自己在走进去的时候尽量放松。第一个障碍就这样被克服了。亚历克斯磨磨蹭蹭地还没有到，酒吧里显然一个我认识的人都没有。那本薄薄的免费城市杂志就放在大门旁边。这本杂志的每一期都像是在自曝家丑。可怜的页数仿佛在高声呼喊："这个地方没有多少娱乐活动！"杂志里面寥寥可数的几篇文章永远出自同一批作者之手，而他们对在这座城市里组织活动的少数几个勇敢者还往往采取居高临下的态度。就是这一类文章还被无数汽车经销商和殡葬公司的广告以及本地超市的打折信息团团包围起来。尽管如此，我还是拿起一本来武装自己，然后从为数不多的几张空桌子里挑了一张，坐在了一个位置有利的角落里。我可以从这里静观一切，却不会被他人立刻发现。酒吧里的内部装潢多年以来几乎没有改变过。墙上挂着五六十年代的金属质地的老广告牌和世界各地的交通标志牌，这些标牌的边框全部用五颜六色的彩灯链装饰着。一切都没有改变，只是年代换了。

　　门突然被人打开，亚历克斯走了进来。我已经很久没有见过他了。他的肚子十分显眼，头上也长出了若干白发。

他一进门，就有两个坐在吧台旁边的女人向他打招呼。女人们朝我所在的方向放眼望过来，用手指点着我。我拿城市杂志做掩护，利用眼角余光，观察着亚历克斯如何同那两个女人说笑，如何与她们拥抱，然后看到他朝我所在的方向走了过来。

"嗨，亚历克斯！你过得好吗？"

"还不错！老兄，我们可是有段时间没见过面了！你选中了过去我们一直坐的专座……"

"真的吗？我根本没注意到……"

"哦，那么看来你也没有注意到萨比内。"

"萨比内？哪个萨比内？"

"和她朋友一起坐在前面的那一个。"

"前面的那个？那个究竟是谁啊？"

"萨比内·施普恩格！"

"我的老天爷，我根本没看见她……"

"你是想说，你没认出她来！"

萨比内曾经是全校最漂亮的女生之一。每一个男生，绝对是每一个男生，都在某个瞬间并且以某种方式对她一见钟情。她只需微微一笑，我们这些小男生的心就会欣喜地怦怦乱跳。我已经不清楚事情的来龙去脉了，不过我也曾经在很短的一段时间里成为了被她选中的幸运儿之一。所有的人都喜欢萨比内，可是才过去两天我就不知道我还能和她说些什么了。因为不知道说些什么才好，我们只能不停地亲吻，一直吻到嘴唇抽筋。一个星期以后我就对此感到无比厌烦了。

亚历克斯打断我的思路，替我们两个点好饮料。

"她可是你的一生最爱啊！"

"你说萨比内？"

"没错，是萨比内！"

"你怎么会有这种想法？萨比内无聊死了！或者就是因为这个，我才没有认出她来。"

"得了吧，在我的印象中她就是你的一生最爱！"

"也许你把什么人和她搞混了？"

"我真的认为萨比内一直挺棒的！她在大街拐角那家面包店里当售货员。我买小布丁点心的时候，每次都能见到她。"

"你看，她显然已经成为你的一生最爱了！"

亚历克斯一边四下环视，一边像从前那样自己动手卷香烟。他卷烟的时候连看都不用看一眼，摆上烟纸，放好过滤嘴，整理烟叶，最后舔湿烟纸的封口——他一边完成这些动作，一边用审慎的目光扫视这家"危险"酒吧。

"你知道吗，"他说，"我特别喜欢来'危险'这里。这儿的一切都保持着原样。我每次度假或者做其他类似的事情的时候，总有那么一个瞬间，我非常想念这家酒吧。"

"真的吗？我在度假的时候什么都不去想！"

"是啊，我能理解你，不过我一直认为，度假期间的那些经历太劳心伤神。吃的东西很陌生，在钱的问题上总是要多加小心……所以我每次回家之后，都感到特别高兴。"

此时此刻，我其实恨不得马上离开这里。这种自我封闭和自满自足的状态着实令我感到愤怒。我可没有兴趣让这种单调无聊的舒服日子把我包围起来。有一段时间，我们什么话都没有说，我观察着萨比内和她的女友，考虑是否应该过去和她打个招呼。但是我竟然完全不知道和她说些什么才好，就像当年一样。是否应该对她说："哈罗！你过得好吗？"我看不必了，这些话我不久前在冰淇淋小店里已经对玛努埃拉和西蒙内说过了。

"你今后究竟有什么打算？"亚历克斯问我。

"嗯？"我吓了一跳。

"你妹妹剪头发的时候告诉我，你又要搬回这里了，是吗？"

"是，我从博斯尼那儿得到一份工作。"随后我又立刻补充了一句"暂时的"。

"这可太棒了！真是好消息。可是我还以为，你有自己的公司。这也是你妹妹有一次告诉我的。"

"我的确有自己的公司。它是我和一个朋友一起创办的。不过现在我们就算是被博斯尼收购了吧。"

"这是怎么回事？"

"咳，我们在柏林和博斯尼公司已经合作很长时间了。现在他们问我们，想不想作为正式的员工，直接在他们那儿做同样的工作。"

"嚯，太棒了！"

我尴尬地笑了笑，因为我心里清楚，亚历克斯的确对这个消息感到非常高兴。对他而言，我也许仍旧是最好的朋友，或许他盼着我们从此可以再凑到一起，在酒吧里度过一个又一个的夜晚。当年亚历克斯就不理解，我为什么一定要离开这里。去面对未知的世界——这对他来说是完全陌生的想法。直到如今他仍然在尽可能地躲避一切没有把握的事情。尽管他总是说，他想当总理，但是也许他的心里很久以前就十分清楚：他要上学，学手艺，扩建父母家的房子，找一份稳稳当当的工作。与当年相比，我现在对此多多少少能够更好地理解一些了。

尽管如此，亚历克斯不知为何还是让我感到火冒三丈。他让我觉得，似乎他完全不了解我目前的处境。他不过是简单地对能够与老友重逢感到高兴。然而这仅仅是对他而言。至于我，我却害怕自己会重新回到当年竭力逃避的起点。

"说说看，亚历克斯，你现在究竟有没有女朋友？"

"没有，你呢？"

"有，不过谁知道还能在一起多久呢。"

"怎么回事？"

"我不敢肯定，她是不是愿意跟我一起过来。如果她过来了，我也不敢肯定，她在这儿是不是幸福。"

"为什么不幸福？"

"卡塔琳娜是柏林人，如果她对自己的职业前景有任何期望的话，那么她只能在柏林，而不是在其他地方实现她的愿望。"

"那你为什么离开柏林？"

"唉，你又不是不了解我。我从来都不清楚，自己想做什么和缺乏什么，总是有那么一点点儿不满意。"

"你们已经认识很久了？想要孩子吗？"

"孩子？不知道……我们在一起已经很长时间了，而且我仍然非常爱她。我很担心。"

"她有外遇了？"

"没有……应该没有。"

我不知道为什么刚才我突然补上了一句"应该没有"。我想外出娱乐散散心，却怎么也办不到。此时此刻，我更想留在卡塔琳娜的身边，今晚她过得肯定比我好，和那些老朋友在一起，肯定更有趣。也许她是和一些新朋友在一起，甚至比和老朋友在一起过得更好吧。

"卡塔琳娜是你的一生最爱吗？"

"你现在怎么想起来问这个问题？"

"你看起来似乎很依赖她？"

"如果我搬回这里来，我是不是应该和她分手？"

我刚刚说出了一句非常可怕的话，一句我前天还不允许我妈妈说出来的话。这是一个让我自己对我自己感到害怕的想法。我怎么能够这么说？难道我曾经考虑过这个问题吗？

"不要这样，我只是说说罢了……"

"为什么你总是提到什么'一生最爱'？真有这种感情吗？"

"当然有！"

"我不知道。也许还有好几个呢。"

"你指的是人生不同阶段的伴侣，还是其他什么？"

"大概就是这一类的吧。第一个、第二个、第三个、第四个等等人生阶段的最爱。"

"你真不浪漫！"

我们在"危险"酒吧里又坐了很长时间，当我目送那位我的所谓的第一个"一生最爱"和她的女友一起走出酒吧之后，我和亚历克斯的乐趣这才开始。我们相互讲述陈年往事，其中有几件听上去比真实事件的本身更加令人难以置信。有时我们甚至是在疯狂地撒谎，不知不觉中，在"危险"酒吧里出现了越来越多令我觉得眼熟的面孔。也许是美酒，也许是夜色，带来了那些上了年纪的顾客，我认识他们的可能性也变得越来越大。时间已经很晚了，我惊讶地意识到，这家店在星期一的夜晚竟然还开着门。三点钟的时候，我们帮助员工把椅子摞起来，然后离开"危险"酒吧。在这个时刻，我的家乡小城里确实再也没有对外开放并且提供酒精饮料的地方了。也许加油站是个例外，这时候人们还可以在那儿遇到那些绝望地企图外出消遣的家伙。

我们驾驶着亚历克斯的汽车行进在夜色中，先是穿过整个城区，然后我们突然停在一栋房子旁边。亚历克斯熄灭了汽车的发动机，打开收音机。收音机里正在播出黑森州三台的节目，一位主持人用我熟悉的洪亮嗓音说："您即将听到一首克里斯·艾萨克演唱过的歌曲的翻唱版，我们不得不说，这支歌远远地超越了原版。请听'下一代女王'乐队的《恶意的游戏》①。"音乐响起，既饱含哀伤，又带有冷嘲热讽般的幽默。我们久久地沉默无语，聆听着音乐。亚历克斯靠在方向盘上，望着对面房屋里闪现出来的一道细小微弱的光线。他轻声说："她曾经住在这儿……"

"谁曾经住在这儿？"

"就是我的那位一生最爱！她曾经住在这儿，我曾经每天在这儿接她，我们曾经在这儿一起度过许多美好的日子。可是现在她搬走了。她现在住在巴伐利亚州。你想想看，在巴伐利亚州！她结了婚，生了一个孩子，住在巴伐利亚州。我用了很长时间都无法决定是否选择她，结果她做出了她自己的选择。现在一切都太晚了。"

"你的那位一生最爱，她是谁？"

"你肯定不认识。是你离开以后的事情了。"

他沉默了片刻，然后突然语气坚定地问我："你和你的卡塔琳娜怎么样？"

我什么也没有说。

亚历克斯直起身来，开车继续前进。收音机里播放着很久都没有听过的老歌，我们扯着脖子放声唱和。我们沿着隐蔽的田间小道驶过一村又一村，围着整个城市绕圈。亚历克斯打开车顶天窗，我们畅快地呼吸着空气。田野上弥漫着刚刚收割过的青草的气味。

---

① 克里斯·艾萨克（Chris Isaack）是美国的著名流行歌手，《恶意的游戏》（Wicked Game）为其成名曲之一。"下一代女王"乐队（Les Reines Prochaines）是来自瑞士的女子乐队。

音乐在喧嚣，风声在呼啸。

亚历克斯大声喊道："你明白我的意思吗？"

我没有回答，而是哼唱着歌曲的旋律，感到自己仿佛陶醉在美妙的世界里。

他的喊声更大了："你明白我的意思吗？你感觉到了没有？"

我还是什么都没有说。我只是对着他笑。

"如果你现在还不明白，杨恩，那你就不是这里的人！"

他把车停在一片林中空地上。汽车的灯光似乎径直射向小城。天空已经泛出一层淡淡的晨曦。

亚历克斯说："我们是这座城市的孩子，也将永远是她的孩子！我绝对不会离开这里！我为什么要离开呢？"

清晨五点，我回到父母家中。我没有躺倒在沙发上，也没有落入花盆里，即使没有照明，我仍旧摸索着回到了小时候住过的房间里。

有人在用力敲门，我觉得似乎声声都敲入了我的脑袋里。我勉勉强强睁开眼睛，站在门前，以为自己看到的人是妈妈，她正在问我什么问题。我听不清她说的话，不过反正我知道她想要我干什么。我应该赶紧下楼。已经很晚了，我妹妹已经打过电话了，我应该顺路去一趟她工作的地方。逼迫没有睡醒的人起床，这种行为应该受到惩罚——尽管如此，我还是挣扎着爬起来，强迫自己走进厨房。餐桌上仍然摆放着丰盛的食物，但是只有我平时坐的位置上没有就餐的痕迹。我的父母早在几个小时以前就用罢早餐，采购完毕了。爸爸请了病假，一边抽烟，一边专心致志地看报纸，偶尔给我们读上几段，妈妈对此不但毫无反应，而且还不断地要求他准备做午餐。一切都与从前别无二样。

洗过淋浴之后，我的思维能力终于得到了一些恢复。我回到我的公寓那儿，继续装修。然后我在去妹妹那里的路上，沿着河绕了一个大圈，首先回忆起昨天晚上和亚历克斯在一起的情景，随后思考着与卡塔琳娜和柏林以及其他一切烦心的事有关的问题。河岸两旁草木茂密。我走的是从小城一端通往另一端的自行车道，据说沿着它骑车可以一直骑到科布伦次①。当年我们经常坐在河畔，热火朝天地闲聊。总是有人围坐在篝火边弹吉他，我们也谈论过非常严肃的话题。如今我走过这里——有些地方甚至还能找到炭火的痕迹，看起来一切都和从前一样。

在不知不觉之间，我仿佛按照老习惯拐入了一条非常熟悉的街道。这里的每一个角落、每一块石头下面似乎都隐藏着一段回忆。曾几何时，我寂寞而孤单地走在这条街上，而在另外一段日子里，我走在这里的时候就像一位骄傲的牛仔，因为我属于学校里最早一批有女朋友的人。我总是特别盼望能够走到十七号房子的前面，因为这里永远有一声口哨在等候着我，然后亚历克斯就会从窗户里探出

① 科布伦次市（Koblenz）位于德国西部莱茵河与摩泽尔河交汇处。

身来。他总是喊一声"我马上就下去"——然而几乎每次他都得再次返回楼上，因为他又忘记带上某样东西了：那可能是一本书，一本练习册，或者是他的家庭作业。不过他经常是到了校园才发现没有带作业，于是只能慌慌张张地抄袭其他人的作业，有时候甚至抄我的，当然前提条件是我偶尔破例写那么一两次作业。亚历克斯和我经常沿着他家所在的这条街发疯似的向前跑。我们几乎每次都会在爱德家超市停一下，采购课间休息时需要用到的重要物资：起先是口香糖、甘草饴和卡普里阳光樱桃果汁，后来是香烟。我和其他人一样买万宝路——只有亚历克斯从一开始就自己卷烟抽。

十多年之后的今天我又站在了十七号的前面，却不知道应该如何是好。我是否应该追随从前的仪式？毕竟我只是将它中断了十年而已。现在去打破它，这简直就是一种亵渎。我难为情地转身四下张望，想看一看是否有人正在观察我，这才准备吹口哨。然而就在这时窗户打开了，亚历克斯的妈妈探出头来。她言简意赅地向我宣布："亚历克斯还在上班，不过六点左右就会回来。另外他现在住在顶层阁楼里！"她没有给出任何其他的解释就关上了窗户。难道我的再次露面就这么显而易见？难道像大多数罪犯一样，我一定会返回事发现场，并且这只不过是时间的问题？

我一边想象着亚历克斯住在顶层阁楼里的情景，一边继续沿着街道走下去，沿途路过电力设备箱。这个电力设备箱是当年我们生活中的一个重要支柱，是傍晚聚会的见面地点，是"英语会话角"，而且我在这里第一次久久凝视女孩子的眼睛，结果终于实现了我的初吻。这个吻至少持续了半个小时——起码我当年觉得是这个样子的。

我终于来到了妹妹工作的发廊，这时候所有人都已经开始准备下班了。我妹妹的每一位同事我都认识，因为妹妹不但在这里接受了职业培训，还在这里通过了学徒期满考试。我和她的女老板开了几句玩笑，有人给我端来一杯卡布奇诺咖啡，这里不用牛奶打泡沫，而是仍旧满满地倒上一大份奶油，再撒上一些巧克力碎屑。我的妹妹严肃地看着我，我勉强挤出一丝微笑。每次当我的妹妹神情严肃而我却捉弄她的时候，她都会立刻生起气来，觉得自己没有得到重视，不想再和我说话了。我现在仍然很难做到，把我的小妹妹当做成年女性来对待。我们两个人相差五岁。我在她的脸上看到了我父母的疑问，尤其是我那忧心忡忡的母亲的疑问。

我们不知道应该怎样打开话题，于是我向她发出了挑战。我们在位于街角的小酒馆里摆开了战场，她选择了蓝色的一方，我是红色的。我的妹妹身材娇小，非常有礼貌，正因为如此她才是我所认识的最阴险狡猾的桌上足球女玩家。那些对我而言无非是巧合的一系列动作，她却能够掌握得非常完美。她射门的时候气势恢弘，每次都能够吓人一跳。她今天只用一只手玩，另一只手上夹着一根香烟。我旋转杆柄，射入一球。她把香烟从左边的嘴角转到右边的嘴角，然后说："妈妈非常担心。"

我忙着争球，只说了一句："我知道!"

她抬头，与我对视了片刻，说："我和卡塔琳娜通过电话了。"

我吓了一跳，问道："你为什么这么做?"

球在这个瞬间遭到一记猛烈的击打，应声破门。她拿到了第一个得分。

"一比一，"她说，然后非常随意地补充道，"你不能总是这样被别人牵着鼻子走!"

"我不知道你这么说是什么意思!"

"你想输多惨?"

"你到底在说些什么?"

"我想知道你心里的想法。为什么你突然把一份稳定的工作看得那么重要!"咚的一声响，她又射中了第二个球。

"我对柏林那种波希米亚式的生活不再感兴趣了。就是那种永远安定不下来的状态。"

"你平时不是总认为那是一种巨大的挑战嘛?"

"我的想法现在变了! 你从来都没有接触过那种不安定的状态。从上学到学徒到工作一直都很稳定!"

"你这么说是在指责我吗?"她有片刻疏于防守，于是我射入了我的第二个球。

我其实连自己都不知道，我那么说是什么意思。不过当我不得不为自己辩护的时候，我就会变得非常有进攻性。我是否现在应该扮演迷途知返的悔悟者? 我在我妹妹的眼里是否是一个失败的人? "我认为，每个人都应该离开自己的老巢一段时间。你却从来没有这么做过! 你只是去柏

173

林看过我三四次。"

"为什么人一定要离开他的老巢?"球雷鸣般地向球台的台帮猛冲过去,以至于我被吓了一跳。

"这样一个人才能有开放的视野!"

"我在这儿过得很好。我喜欢我的同事。如果我需要'开放的视野',我就去度假。再说爸爸和妈妈还一直住在这里呢!"

她提到的这一点,也是最近几年来我越来越在意的一点。这些年来我确实经常怀念在父母身边的日子。这并不意味着,我一定要每天见到他们,但是我常常希望能够去他们那里待上一个下午。

比赛以我妹妹十我六结束了。不管怎么说我的得分超过了五,对我而言这个比分已经相当不错了。我陪妹妹回到她的公寓。我到这里来的次数并不多,也许只有三四次。在过去的几年里,我们通常总是在我们父母的家里见面。要不我们就一起出去。她的公寓里一切看上去都收拾得井井有条,只有厨房是乱糟糟的。她放上《天使爱美丽》的电影原声唱片,随即消失在了浴室里。

我不知道,我为什么要这么做——究竟是出于无聊,还是为了避免在她的公寓里到处乱翻,总之,我开始在厨房里洗洗涮涮。当我擦干餐具,把它们放回柜子里的时候,我听到她洗澡的声音。

这是我妹妹的标准做派。她会突然想起来她可以洗个澡,于是她就开始洗澡,然后把其他的事情统统抛在脑后。我又把橱柜的桌面和餐桌擦干净,这才打开电视。在厨房里摆上一台电视，对我来说这代表着一种非常舒适安逸的状态。我也要在我们的新公寓里摆上一台。过了一会儿，我敲了敲浴室的房门，喊道："我现在要走了！"

她回答道："好的！你能把垃圾一起带下去吗？"

第二天清晨，我一大早就赶到新公寓那里，给暖气片和窗户刷漆上色。临近傍晚，我才返回父母家。妹妹已经坐在了厨房里，爸爸从烤箱里取出一块蛋糕，我今天的社会生活这才从一边喝咖啡一边聊天开始展开。妈妈把一副桥牌扔到桌上。我的爸爸和妹妹是一对配合默契的搭档，而妈妈却太紧张了，欺骗对手的时候又过于诚实。尽管如此，我的运气不错，还是赢了，只是蛋糕吃得太多，咖啡喝得太多，结果肚子疼了起来。我躺在沙发上，妹妹和爸爸像比赛似的一根接一根地抽着烟，这时妈妈兴奋地提出了一个建议："我们明天一起开车去宜家家居店，怎么样？"

妹妹嘻嘻哈哈地笑起来。

我说："不怎么样，妈妈！"

"为什么不想去？我们可以帮助你布置公寓。"

"不用了，妈妈，真的没必要！你的心意我领了，不过我一个人能应付，再说卡塔琳娜周末会过来给我帮忙。"

"可是爸爸可以帮助你把家具组装起来！"

爸爸绝望地仰望苍天。

"妈妈！我和卡塔琳娜一起做就行了，也许我们根本不去宜家。没有必要总是围着宜家转！再说，爸爸最讨厌组装宜家的家具了！"

我们在一起吃了晚饭——不过我发现，气氛多少有些不那么令人愉快。

我的妹妹陪我回到我的公寓。她四下巡视了一番，然后问我："你当年去柏林的时候，究竟想实现什么样的目标？"

"就是想离开。最大限度地实现自我价值，增长一些见识。面对陌生的事物不再感到担心害怕。"

"可是你到底想离开什么呢？"

"我害怕沦陷在这个偏僻的小地方里面，什么都没有尝试过！"

"那么现在呢？你现在想得到什么？"

"不知道！我想再做些新的尝试！"

"这么说来，你还真是在忠实地追随着你的梦想！"

我的妹妹为了表示对我的支持，一边粉刷着一道门，一边往她自己的嘴里塞了一根我近期以来见到过的最大号的大麻烟。

然后她说："我总是尽量避开事实的阴暗面。"

不知道她这么说是什么意思。明天我会向妈妈打听一下。

第八章

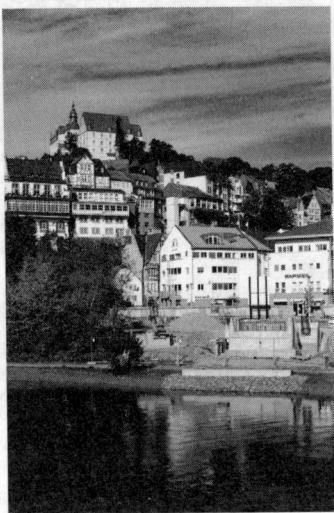

从我在新公寓里吃第一顿早餐开始，我的洗衣机就在不停地拼命运转，而我则在自己的脖子上围了一条擦洗餐具的抹布。自从我和吉姆把那些纸箱和为数不多的几件家具堆放在公寓里之后，我还顾不上开箱取出一些东西来。我一直在忙于装修屋子。或许偶尔也能抽出一些时间来，但是我并没有那么强烈的意愿来做这件事情。大多数时间我都在忙着刷窗户，把厨房里的浅蓝色瓷砖和浴室里的橄榄绿色瓷砖拆下来，把新的白瓷砖贴上去，把粉红色的地板踢脚线刷上其他颜色，把土灰色的粗纤维壁纸换成雪白色的。

我的新"潮流街区"只能提供一个有限的购物环境，那就是一家虽然价廉物美，但是货物品种极不齐全的超市。另外，这家超市存在着严重的货物运输问题，例如：有的时候店里一连几天没有糖或者盐。垃圾袋也常常缺货。这里有一家不属于任何连锁公司的面包店，单凭这一点它就在我的心里赢得了一席之地，还有一家肉铺，为附近的工人提供一顿丰盛的午餐。味道非常好！中午的时候的确有不少和蔼可亲的人在那里聚集一堂。有一个人甚至跟我上楼，向我介绍怎样合理安装踢脚线。他把他的老婆也一起带了过来，我们忙着的时候她就像转个不停的陀螺一样把窗户全都擦干净了。我于是请他们夫妇二人吃了一顿饭。

在小区附近新开了几家小酒馆，其中一家名叫"啤酒陷阱"。我一定得从内部探索一下这家酒馆。还有两家不错的报刊杂货店。有一位年轻的土耳其女人在其中的一家店里工作，她永远在看《新苏黎世报》。不论人们什么时间走进店里，她总是摊开《新苏黎世报》，采用近乎于标准的姿势用双手把报纸僵硬地举在眼前。我以前只在柏林的音乐剧《地铁一号线》的舞台上见到过这样的姿势。她几乎不用眼睛看便可以完成购物的程序，在此期间她纹丝不动，就连头都不动，全身一动不动，她仅仅用眼角的余光就能够识别人们匆忙中购买的那些小东西，例如糖、盐、垃圾袋和报纸，然后她像机器人一样用一只手把价格输入收款机内。接着她又用同一只手收钱，找零钱。但是与此同时她绝对不放下她的报纸。她不打招呼，也不说再见。总有一天我要问一问她为什么要这么做。

今天公寓里必须要有一点儿变化，因为我昨天晚上和卡塔琳娜通过电话之后，她终于要来看我了，这是她第一次来。我仍然为我的嫉妒和我在派对上的行为感到难堪，所以想弥补过失。我要让她觉得这里非常美好，乃至让她难以抵御这里的魅力。如果当真存在所谓的"风水"的话，我甚至打算去迎合这种规则！公寓的格局非常宽敞，两个人在一起也绰绰有余，也就是说完美地符合我们目前的情况。不过现在走廊里只能采用跨栏跑的姿势才能通过。有些地方的纸箱已经快要顶到天花板了。那里面放的是书架的组装零件、相框和我十六岁的时候买的哑铃，不过我从来没有使用过它，买来以后一直到处带着它。有些纸箱我必须打开，因为我总得有几件换洗的衣服。尽管我和卡塔琳娜甚至讨论过如何临时分配袜子的方案，但是我却怎么也找不到一双袜子。于是我只好慌慌张张地去卡尔施塔特百货商店，买回来二十双一模一样的。通过这种方式可以避免出现突然只能找到单只袜子的现象。

在渴望、寂寞和对柏林的思乡情切——爆发之后，我把装黑胶唱片和 CD 唱片的纸箱也拆开了。我想听那些能够陪伴我的唱片。这里现在看起来仿佛刚刚经历过一场大搜查。

房间里还几乎是空空荡荡的。我其实喜欢没有太多东西的房间。经年累月积攒下来的那些杂物，实际上很少会让人觉得当真必不可少。也许人们应该把那些东西全都藏在地下室或者阁楼里，只有需要的时候才取出来。这样人们才能有更高的生活质量，而不会被那些反正不可能再读第二次的书籍压死，或者那些不可能再看第二次的录像片。尤其不能仅仅出于礼貌而让那些各种各样没有用的东西，例如礼品，占据大量的空间。不过我这个人当然没有能力将这样的行为长期坚持下去。

厨房目前看上去就像是一间厕所。我在租下这套公寓之后的短短一段时间内，已经积攒下来两摞比萨饼的包装盒，如果我不采取任何行动的话，它们很快就会变成希腊神庙里的柱子了。一摞包装盒来自超市里的比萨饼，另一摞来自比萨饼外卖公司。

我显然已经无法摆脱对外卖比萨饼的偏爱了。这个星期我在家乡小城里随意漫步的时候，路过一家比萨饼外卖中心。由于我对这种特殊的氛围极为偏爱，另外我当时正好饥肠辘辘，于是我便径直走了进去。我询问了一下加双份奶酪的比萨饼送到我家的价格，又问了问我是否可以搭便车一起回家。比萨饼店的师傅态度非常随和，于是我让他给我烤了一张比萨饼，然后把我一直送到家门口，这样一来连出租车费都省下了。从此以后我天天都能见到比萨饼店的外卖员。我们之间几乎已经建立起了一种朋友似的关系。

现在我得先给我自己煮一杯咖啡，昨天夜里我过得非常不平静。我醒来数次，醒来后再也睡不着了，于是四处寻找遥控器，接着又睡着了，然后再次醒过来，去了厕所，小脚趾碰到了哑铃，想起了卡塔琳娜，想给她打电话，然后又睡着了，最后突然被第一缕晨曦惊醒。

我盼着卡塔琳娜的到来，喜悦感越来越强烈。我们打算一起买几件家具，给床垫配一张床，给厨房里添置一张桌子和几排架子，我原本希望能够给我自己买一张大沙发。不过沙发是生活中重要的稳固核心，因此必须精心挑选。

我收拾和打扫完浴室及厨房之后，还必须去采购一些物品。我手里有好几个沉重的袋子，只有分为两次才能够把它们全部拎上楼去。当我把第一批物品放在走廊里，然后已经走下一层楼后，穿堂风把楼上的房门关上了。该死的东西！难道这种事情一定要趁现在发生吗？我先去取其他的袋子。楼门外站着一位夹着公文包的老先生，为我打开楼门。

"我能帮您拿些东西吗？"

"非常感谢，可是我住在五层楼。"

"没问题，我也去五层。"

我心怀感激地接受了他的帮助，问他："您也住在这里吗？"我尽量彬彬有礼地打开话题，希望能够建立起友好的邻里关系。

"不是的，不是的，我只是出于公干才来这里的。"

我站在屋门前向他解释，因为门刚才自己撞上了，所以也许我需要给房屋管理员或者开锁公司打电话。

"我能够为您提供什么帮助吗？"

"您也是房屋管理处的人吗？"

"不，不！我只是学过！"

"只是学过？就是这样吗？"我说罢，逐渐开始产生了怀疑，担心向这个男人求助是否是一个好主意。不过我还是鼓起勇气说："那好吧，我就在此衷心请求您，把我家的门撬开。"

五秒钟都不到，门就打开了。我对他这种破门的速度感到极为惊讶，于是决定立刻额外再安装一把锁，并且给楼里的一位邻居配备一把备用钥匙。我邀请救我于危难之中的恩人到我家里喝一杯咖啡。他表示感谢，说他本来要找的就是我，然后从他的公文包里掏出一份广播电视收费中心的申报表。

我不知应该如何是好。多年来，我只是从广播电视收费中心的信件当中对他们有所了解，而那些信件总是从信箱直接被扔进了废纸篓里，可是现在我却让他们破门闯入了我的新家。

"我可以现在就和您一起填写表格！我已经看到了，你在前面这间房间里有一台电视，在厨房这里有另外一台，还有一个收音机。"

我听话地签上我的姓名，然后把这位不速之客请出我的公寓。这些人现在采取的手段，简直令人难以置信！我下定决心，今后一定要把两台电视和收音机同时都打开，以便充分利用。

现在已经快到时间了。我找出几件干净的衣服，今天我不仅要有风度、有智慧，还要英俊、性感、体味怡人。我认真细致地淋浴全身，精心修理我身体上的毛发。我一直很讨厌刮胡子，而我在超市里没有找到剃须刀的刀片。如果刮胡子的时候刀片不够锋利，我很难忍受得住那种疼痛，我一定会痛得要死。我回想起卡塔琳娜总是在浴缸里饶有兴致地用我的剃须刀剃她的腿毛。有一次，我因为要去参加一次重要的会面，急需剃须刀片，结果却只能找到钝得不能再钝的刀片，甚至直接用餐刀刮胡子都比用那种钝刀片要快。由于超市里的剃须刀片已经卖完了，我只能拿起除毛泡沫，把它抹在了我多日未曾剃过的胡须上。

现在几乎一切都已经就绪了，我的心跳越来越急促。自从那次派对以后，我们再也没有谈论过当时我们两个人之间的争吵，考虑到这个原因，我对卡塔琳娜的思念就像正在接受戒除的某种依赖症一样，反而变得更加强烈了。时间还早，我原本可以悠闲地乘坐公交车，然而我实在按捺不住了，于是打上一辆出租车直奔火车站。过早地到达火车站并不是那么糟糕。人们可以在报刊亭里随意翻阅杂志，感叹那些杂志里的内容无奇不有：菜头汤减肥法，为猫咪设计的发型，名流们奇怪的性行为……当我在站台上等候了十分钟之后，由于从柏林开来的火车据说"预计晚点三十分钟"，于是我又赢得了更多的时间。为了核实这个消息，我立刻行动起来，拨通了卡塔琳娜的手机。她刚到汉诺威，也就是说，广播里传出来的人工声音只说出了真相的一半。尽管这个声音带来的火车晚点信息通常会令人火冒三丈，但是它听起来仍然十分迷人。

我买了一束鲜花，还有一盒润肤霜，虽然我的脸像婴儿的臀部一样光滑，但是它却火辣辣地疼，并且红得像狒狒的屁股。

我又沿着火车站前面的大街来回走了一段，然后再次向站台的方向走去，并顺路买了一杯盛在塑料杯子里面的"含可可成分的饮料"，随后坐在长凳上。我喜欢喝这种速溶饮料，我们的学校当年甚至有两台自动售货机。每次当我在课堂上感到百无聊赖的时候，我都会借口去上厕所，趁机给自己买一杯加牛奶和糖的咖啡，或者一杯卡布奇诺咖啡，一杯清汤，要不然就是一杯含可可成分的饮料。不过我从来没有勇气去尝试那种牛尾汤。

两只温暖的手突然捂住了我的眼睛，我的耳朵被人狠狠地亲了一下。

她温柔地轻声说："我非常想你，我爱你。"

听到这样的话，还能再说些什么呢？难道说"我也是"？这么说显得有些心不在焉，听起来太平常了。此时此刻我恨不得回答她："那么我们结婚吧，生三个孩子，再在普罗旺斯买一栋小房子！"

不过我没有这么做，而是转过身，热烈地紧紧拥抱住她。在表露爱意这个领域，我的想象力暂时瘫痪了。我满怀幸福，无以言表，能够做到的只有将她紧紧搂住，感受她的存在。我们又奢侈地打了一辆出租车回家，一路上我的心激动得狂跳不已。

她的随身行李颇具规模——这让我感到非常高兴，它给我带来了希望。

我打开公寓的房门，卡塔琳娜略带嘲讽地说："看来你事先收拾了一下，是不是？"因为我感到特别幸福，所以扮了一个鬼脸——然而她却认为，那意味着她猜对了。

"你想喝茶，还是喝其他饮料？"

"给我泡杯茶吧！我要先冲一个淋浴。"

卡塔琳娜冲澡的时候没有关上浴室的门。我正在胡思乱想，水壶突然发出了尖锐的哨音。卡塔琳娜身上裹着一条大浴巾，坐到厨房里的餐桌旁边。我把茶递给她，用我能想到的最迷人的声调问她："请问，您是否有兴趣接受我的诱惑？"

她抬头看着我，把手伸过来，说："茶太烫了，晾凉还需要等一段时间呢……"

我把她托起来，抱着她迈过厨房的门槛，抱着她穿过走廊，却不慎被哑铃绊倒，我们幸福地倒下去，安全地落在了床垫上。我觉得仿佛又回到了当年我们住过的第一间公寓，那里与其说是一间公寓，不如说是一间存放杂物的储藏室。我们久久地注视着对方，她吻了我。我多么想念她的嘴唇，她的蓬松的头发，她的柔嫩的肌肤，她的叽叽嘎嘎的笑声。

我们醒来的时候，天色已经渐渐暗了下来。因为卡塔琳娜喜欢吃泰国菜、意大利菜和中餐，所以我在好几家餐馆预订了座位。她觉得这样非常好笑，我们互为对方点了我们最喜欢吃的比萨饼，还加上了很多辅料。今天我们要让这间公寓变成我们的欢乐城堡。

比萨饼外卖员今天收到的小费多得超乎寻常。卡塔琳娜在黑暗的厨房里燃起了许多支小蜡烛，她继续喝已经变凉了的茶。她看上去是那么的美丽和温柔。我们的目光相交，眼神之间已经达成了一致，一切横亘在我们之间的事情最早也要留到明天早晨再说。

夜里我醒过来好几次，我久久地看着她。如果她不搬过来和我一起生活，怎么办？明天我们究竟应该谈些什么？我心里清楚得很，她肯定又会向我讲许多关于她的电影的事情，而我也知道，我很难为她取得的成功真正感到高兴。我是否应该再次要求她必须搬过来？这么做是不是很自私？我是不是过分注重安全感了？我们到底应不应该谈论这件事？我们在一起这么长时间以后，还有没有能力去维持周末情侣的关系？没有她在身边，我真的还想留在这里吗？

我回忆起我们两个人最初相遇时的那些情景。迈伊可举办派对之后，我当比萨饼外卖员的时候与卡塔琳娜再次

187

在柏林重逢——这类工作几乎可以说是一路陪伴我来到柏林。然后卡塔琳娜有一段时间几乎每天晚上都在我这儿订一份比萨饼，有时候甚至一天两次。我们两个人在门口的简单对话随着每一次送货变得越来越长，有一天，她趁着我找零钱的时候，在送货单上写道："我喜欢浪费时间，最好让我连你的时间一起浪费！"

然后我们第一次出门约会，是在公园的山顶上。尽管我给自己立下过规矩，绝对不在第一次约会的时候就和女人上床，但是我却无法抗拒卡塔琳娜。我们一整天都没有下床，有时候她睡一会儿，有时候是我。后来我们在床上用我重新找出来的那台柯摩多尔64KB电脑①玩有趣的老式电子游戏。等到我们终于玩得精疲力尽了，卡塔琳娜就为我们订了一个比萨饼作为晚餐。随后我们又用了几个小时分角色朗读《指环王》——这本书是我母亲几年前送给我的圣诞礼物，从时间上说远远早于规模浩大的电影版本在影院的放映。和卡塔琳娜在一起的感觉从最初开始就非常美妙。

我们在这套或许永远也不会成为我们两个人共有的新公寓里一起醒来之后，又去看望了一下我的父母。我们打算在他们那儿吃早餐，然后开着我父亲的那辆客货两用旧车去宜家。

父母对我们的到来感到十分高兴。卡塔琳娜讲了许多

①　柯摩多尔64KB电脑（Commodore 64）是美国柯摩多尔公司推出的一款家用电脑，20世纪80年代中期到末期作为微型计算机和游戏主机广受欢迎。

与她的电影项目有关的事情，例如她在英国威尔士找到的那些风景秀丽的拍摄景点，还有与她现在一起合作的优秀团队。威尔士对我妈妈来说是一个意义重大的地点，因为她平生只在德国以外的地方度过一次假，那就是在威尔士。从此以后她一直梦想着能够再去那里一次。我的父母其实有很多机会实现这个梦想，但是不知为什么他们每次总是在最后一刹那还是做出了去北海或者波罗的海的决定。后来有一次我无意中听说，其实我爸爸是罪魁祸首。他对旅游总是充满恐惧，只要是不说德语的地方都会使他感到非常不安，他宁愿在电视里观赏这些地方。自从我知道了他心里的恐惧，只要我们谈到旅游，我就能看出他有多么的紧张，就能看到他额头上渗出的小汗珠。等到我有足够的余钱的时候，我发誓，我一定陪妈妈去环游英国和爱尔兰。

总之，我的母亲立刻从她的书柜里取来无数本与威尔士地区有关的画册，和卡塔琳娜一起全神贯注地沉醉其中了。她们在地图和图片上用手指勾勾画画。卡塔琳娜在那里进行拍摄的时候，其实我也很想在场。我喜欢看她如何工作。那个时候的她完全变了一个人，她看得到现场的每一个角落，做事井井有条，和那些即将被摄入镜头的人说话的时候，她声音温暖，令人安心。有时候我坐在她给我准备好的导演专用椅上，在一旁观看，她会在拍摄期间走到我的面前，给我一个吻。所以我总是想象自己仿佛过着明星一般的生活，或者说是明星丈夫的生活。

卡塔琳娜提到，她在拍摄间隙经常玩扑克，学会了很多新的技巧。这激发起了我爸爸的豪情壮志，他宣称他可以立刻把它们全都记住，他多次向卡塔琳娜提出挑战。卡塔琳娜说："我总是特别同情我的手下败将。"这下子爸爸再也忍不住了。因为我们还打算开车去宜家，所以时间渐渐有些不够用了，可是爸爸坚持要求玩一局，结果输掉了二十欧元。因为他觉得受到了奇耻大辱，坚决要求再赛一局以便复仇，于是妈妈在他的脸颊上温柔地吻了一下，试图安慰他。

我们终于可以动身了。我在汽车里对卡塔琳娜说："你能不能在这儿把它发展成一份工作？在城里的各家小酒馆里四处转战，和那些老男人打牌，赢他们的钱？"

"好啊，为什么不呢？不过这样似乎不能实现人生终极价值。另外，这种事情肯定几天之内就会传播开来，到那时候我们必须搬到其他的地方去。然后我们只能过颠沛流离的生活了。就像雌雄大盗邦妮和克莱德一样①！"

我很喜欢这个故事，不过结局除外。

通往宜家的路我开车走过很多次，但是不知道为什么现在似乎这里的一切都变了样。明明看到宜家就在公路的左边，然而我只能往右边拐。卡塔琳娜在汽车里找到一张还没有拆开过包装的公路交通图。

"你找到那条街了吗？"我问。

"这上面似乎没有它！"

---

① 邦妮和克莱德（Bonny and Clyde）是 20 世纪 30 年代横行美国得州的一对雌雄大盗，持枪抢劫银行，最后为警方击毙，是轰动一时的社会新闻。关于他们二人的故事多次被改编为电影、音乐剧等文艺作品。

"不可能！"

"事实就是这样，根本就没有把它标注在这上面……"

天气炎热，我觉得，我们至少已经朝错误的方向行驶了半个小时了。

我停下车，说："把地图给我，你来开……"

"你是不是不信任我？"

卡塔琳娜生气了，她换到驾驶员的位置上以后，继续开车前进。

我也没有找到那条街。不过却发现地图上标注的年份是1985。这显然是我妈妈干的。肯定是她在某家商店的减价商品区买回来这张地图，然后把它放到爸爸的汽车里。可是因为爸爸从来不开车到离城很远的地方，于是他也从来没有用过这张地图。

我们终于遇到了一家加油站。

"宜家？对，它已经搬家了，现在在河左岸的新工业区。"收款台的男人说完以后，给我们描述了一下怎么开车过去。尽管如此，我又买了一张新的公路交通图。半个小时以后我们到达了那里，随后又用了半个小时找停车位。

下车的时候，我们两个人浑身是汗，不但饥肠辘辘，而且心情十分糟糕。在进店之前，卡塔琳娜说："我们不买蜡烛，不买可爱的靠垫套子，不买绿色植物，不买便宜的灯泡，不买新的锅！不买，不买，不买，这些我们都不买！"

"我们就买一个架子，一张新床，或许再买一张新沙发！"我回答道。

在我们旁边停车的那些人，盯着我们看，感到很好笑，但是我们知道我们为什么要这么说。我们随即互相击掌为约，然后先走进宜家的餐厅。经过热狗摊子的时候，卡塔琳娜非要立刻吃一个热狗，否则按照她的说法她根本就没有力气走到餐厅去了。我实在难以理解，怎么有人能够往那东西上面倒那么多芥末和番茄酱。洋葱就更别提了！

完成了这项任务之后，我们来到餐厅，准备选套餐。柜台前面已经排起了几条长蛇般的队伍，这种情形让人们误以为全世界的人都到宜家来用餐了。周围全都是讨论和争吵的声音，小孩子们四处乱跑，大喊大叫，不知道哪里有满满一箱餐具掉在了地上。只要是配上土豆和浓汁的，我什么都吃，但是这里的土豆看起来特别小，油腻腻的，有些像不新鲜的鸡蛋。卡塔琳娜翻去覆去考虑了很久，尽管她刚吃了一个热狗，最后还是决定要"瑞典风味河蟹肉配蔬菜面条"。只要卡塔琳娜自己愿意，她可以吃掉一大堆东西。我最好不要点土豆，而是点同样的套餐。通常情况下我都会这样做，因为我总是想要吃其他人点的食物。卡塔琳娜不喜欢这种做法，因为这样一来就不能随意品尝其他的食物了，但是只要我们不这么做，就会引发争执。今天我想避免出现争吵。我的神经已经绷得很紧了。

过了一会儿，我们小心翼翼地端着托盘抢到一张虽说十分肮脏，但毕竟是空着的桌子。

用餐过后我们感到不舒服。就连那两杯又让我站了一刻钟的队才拿到手的咖啡，也没有起多少作用。

我们沿着家具店里蜿蜒曲折的路线前进，我惊奇地观察着那些像游客一样来参观的人群，而卡塔琳娜取来一本产品目录，边走边翻阅。我们正在向前走，我突然意识到，宜家简直就是拍电影的理想场地。

"你有什么发现吗？"我问卡塔琳娜。

"有，这里的人太多了，大多数的东西都是难看的垃圾！"

"我认为，这里到处都是绝佳的布景！"

"什么布景呀？"

"这里有供你拍一整部电影所需要的一切：已经安装妥当的厨房、卧室、儿童房和起居室的全套家具。"

"没错，"卡塔琳娜说话间突然眼睛一亮，"其实只需要再找来一些演员和一台摄像机就够了！这将会是一部完美的教义电影。名字就叫《小家庭的恐怖袭击》。影片内含暗杀行动。"

这个主意激起了卡塔琳娜的热情，她开始用那种可笑的宜家小铅笔到处做记录。我借着这个机会往购物车里装浴室用的架子。

"你为什么只买一个？"卡塔琳娜问，"厨房里应该放上两个。"

我觉得这种架子放在厨房里不太好看，看上去让我想起了我在柏林的第一套公寓。

90年代中期我搬到柏林去的时候，马丁正好因为实习要在那里生活几个月，于是他把那套公寓介绍给了我。当我给他打电话，把我要搬到柏林去的决定告诉给他的时候，他说："太棒了，我碰巧还能帮你找一套公寓。你什么时候来？"

我刚刚开着马丁几年前送给我的那辆卫星牌货运两用车，车里装着满满当当的行李，来到动物园火车站前面，他立刻就让我和他一起去"防空掩体"① 参加由"朋友组织的"一场派对。我的心情当时非常烦躁，因为他和我见面打招呼的时候就带来了一条坏消息：他原来帮我找了一套小公寓，我可以在"找到合适的房屋之前暂时"住在那里，但是现在只有一周以后才能按照约定入住。马丁用含混不清的声音向我解释原因，但是我除了"紧张得要死"、"男女关系的破事儿"、"前女友"、"原来的房主"、"佣金"和"煤炉"这几个词之外，几乎什么都没有听清楚。我带着我的全部家当无助地站在原地。卫星牌的汽车里塞满了东西，已经没有丝毫空隙了。后备箱里满满当当的，为了增加存放物体的空间，后排座椅被拆掉了，副驾驶的座位上摆放着几盆绿色植物，那棵盆栽丝兰每次拐弯的时候都险些栽倒。柜子的侧板被我一左一右扛在肩上，两个实在没有地方塞的文件夹放在了我的大腿上。我好几次自己对自己生气，责怪自己为什么不分两次开车过来，但是一想到这辆卫星牌汽车竟然成功地行驶了五百公里，我就只能感到庆幸了。

　　马丁对我说，与他合租公寓的女生正在度假，我可以睡在她的床上。然而那个女生提前一天回来了，结果当我在夜里忽然发现一个几乎全裸的女人躺在我的身边时，我着实被吓了一大跳。她根本没有发现我也躺在那张巨大的床上，我只好直挺挺地躺在她的身边，不知道是否应该让

　　① "防空掩体"（Bunker）是 20 世纪 90 年代一家位于柏林市的电子舞曲俱乐部。

194

她注意到我，也不知道如何让她注意到我。我在她身边至少清醒地躺了一个小时，然后肯定是睡着了。我的耳边不知道什么时候突然响起了可怕的鼾声。我吓得要死，当时肯定大喊大叫了几声，反过来那个女生也被吓得够呛。结果我们高声尖叫着面对面坐在她的床上。那个女生一边准备动手掐住我的脖子，一边大骂我是变态的畜生。幸亏此时马丁迅速冲了进来。我们三个人随后坐在厨房里聊了半夜。后来我们成为了好朋友。

几天以后，我终于能够搬入马丁为我安排的那套尚未谋面的公寓了。它位于普伦茨劳贝格区，夹在两栋被战争摧毁的楼房之间，这两栋楼的残砖断瓦早就应该被清理掉了。公寓所在的这栋夹在两片废墟之间的房子，自身看上去也像随时都会坍塌似的。马丁把这套二居室称为"真正的炉中珍宝"。我从来没有听过这种说法，然而在随后到来的冬天我才明白，他为什么这么说：我必须从冰冷的地下室把煤和炭运到楼上来，绝不能让炉子里的火熄灭，还要定期把炉灰倒出去。尽管如此，这套公寓还是非常舒适的。因为我们旁边的楼房已经是废墟了，所以我们在那里建起了货真价实的小花园和烧烤区。只有冷水淋浴我一直无法适应。有一次，马丁教给我一个妙招：把冷水装在一些瓶子里，把它们放在窗台上晒太阳。这就是所谓的"阳光温水淋浴"。冬天我就把瓶子放在炉子旁边。

"为了省架子，我在房间里把两台洗碗机上下叠在了一起，你还记得吗？"我问卡塔琳娜。

"我的天啊，杨恩，你该不会又想用这种临时凑合的胡闹把戏吧?"

我又往购物车里放进去两个架子。我们随后来到沙发区。卡塔琳娜喜欢物美价廉的双人沙发克利帕。广告上说,这种型号的沙发有不同颜色的"可拆洗沙发套",可以在几分钟内更换颜色,或许还可以因此改变公寓里的房间。

"我坚决不要这种沙发! 你只能蜷着腿躺在这种双人沙发上!"

"那就买利尔伯,这是三人沙发,不过价格更便宜!"

"我不想要这种廉价的垃圾。看上去就像是咱们的女邻居家里的那一类沙发。"

"我们其实已经有沙发了,你现在一定要买那么贵的东西吗?"

"我现在应该买得起一两件好东西了吧,至少应该能让两个人躺在上面,而且不用担心没有足够的空间。我觉得卡兰达挺好,而且还有转角。"

"价格是一千五百多欧元! 不要因为你现在有一份稳定的工作了,就这样大手大脚地浪费钱。"

"你这么说到底是什么意思? 我只不过是希望我们的家里有一件舒适一些、像个样子的家具! 我们就是想住得舒服点儿。"

"杨恩,我在这座小城里怎么能住得舒服? 我在这座小城里能做些什么? 难道让我给博斯尼公司拍视频片段吗?"

这些话刺伤了我,不过我什么也没有说。

为了维护我们之间的和平,我暂且不打算买沙发了,推迟一段时间再作决定。我们在付款处大约站了一个小时，然后为了取我选中的那一款床，我们在提货处又等候了半个小时。在此期间卡塔琳娜和我没有进行过多的交谈。我们很难避开那些重要的话题。在汽车里，我不能再忍下去了。

"到底出了什么事？你先是对我说，你会随后搬过来，现在突然又变成了，你觉得在这里过得不舒服。"

"见鬼，杨恩，我正在拍一部故事片。这个梦我已经做了十年了！"

"我记得，你对吉姆说过，如果想拍电影的话，实际上住在哪儿都一样。反正从来没有人在柏林拍，所以你完全可以住在外省小城里。"

"可是我的摄制组碰巧偏偏住在柏林！"

"你的摄制组。你的摄制组。你想说的其实是你的导演吧。"

"杨恩！你疯了吧？你现在是不是想给我扣帽子？"

"那个家伙显然对你相当感兴趣。"

"胡说八道！你说的这一切有什么意思！你随随便便就从柏林搬走了，现在却成为了那个家伙的罪过？我看，你的确疯了！"

"卡塔琳娜！"

"杨恩！我烦了！我受够了！现在就开车送我去火车站！"

"卡塔琳娜！"

"现在就去！"

我已经愤怒得没有兴趣去阻拦卡塔琳娜了。我开着车前往火车站，我们沉默无语地并排坐在车里。到了目的地以后，我们还是一个字都没有说。直到卡塔琳娜下车的时候，她才说："祝你和你的家具在一起生活愉快！等你平静下来了，给我打电话。"

　　她转过身去，走了。我想趁着启动车子离去的时候，让车轮发出尖锐刺耳的声音，结果却可悲地失败了。

第九章

我开车去我的公寓，原本那应该是我和卡塔琳娜的公寓。我拐进那条街，把车停在楼房前面，人却依然坐在车里面。这是属于我的街吗？那是属于我的公寓吗？我们的未来将会怎样？

我和卡塔琳娜的未来将会怎样？我是不是应该开车追上她？然后开得越来越快，赶在她坐火车到达之前，开车先行到达。然后请求她"原谅"。但是到底原谅我什么呢？

架子和床把汽车里面塞得满满的。即使买了沙发也放不进来……

收音机里正在播放亚当·格林的歌曲《与我共舞》，我试着一起唱，但是却被我自己的声音吓了一跳。我回想起当年我与满满一汽车的衣服和家具一起到达柏林时的情景。不同于今天，当年带着一股欣喜若狂和幸福的感觉，一切都是新鲜和具有诱惑力的，那是一场冒险，而我信心满怀。

天色慢慢暗了下来，我感到浑身冰凉，尽管如此我还是希望能够永远留在汽车里。现在要不要把架子和床扛上楼，然后把它们组装起来？我可以请我的父母或者妹妹给我帮忙。要不我请那些老朋友？要不我请吉姆？

吉姆自己也有很多事情要做，本来他邀请我和卡塔琳娜今晚一起吃饭。我走上楼梯，回到位于五楼的公寓里，给他打电话:"哈罗,吉姆!抱歉,可是我必须遗憾地取消今天晚上的活动。我们的情况不是太好。"

"出什么事了?"

"我现在没兴趣说那些事。我星期一去博斯尼以后告诉你,行吗?"

"就按照你的意思办吧。"从他的声音里可以听得出,他觉得受到了轻视。

"你觉得,我们是不是从明天第一天开始就必须要准点儿上班?"我问他。

"杨恩,我的老兄啊!"他非常不耐烦,说完就把电话挂断了。

我没有把那些家具搬上楼,而是一头倒在了我的床垫上。我肯定是在不知不觉中睡着了,阳光渐渐将我唤醒,现在是清晨六点。起先我感到有些惊讶,然后就被悲伤紧紧地包围住了。我脱去外衣,继续睡觉。

我在半梦半醒之间想到,星期一我应该买下有史以来最大的沙发,把它送到柏林卡塔琳娜那里,然后再也不离开那里了。我的手机发出哔哔哔的声音,迈伊可发来一条短信:"你在这儿那儿还是那里?"可是我没有兴趣给她回信。

我醒来以后,就躺在床上环视四周。我看到了那些纸箱,粉刷过的墙,擦过的窗户,还有很多需要处理的事情。也许把那些纸箱照原样打包并且开车送回柏林,送到卡塔琳娜那里,做起来更简单……突然我发现了她的箱子。我的心咚咚直跳,我感到自己既虚弱无力,又软弱无助。我是不是应该给她打电话呢?

我的困惑与悲伤终于再也无法把我留在床上了。另外，我必须去一次厕所，还想洗个澡，忽然间又非常想用巧克力酱面包充饥。我在淋浴的时候，回想起了我们之间第一次发生的激烈争执。卡塔琳娜和我相约两人晚上一起看电影。她带上了一个在拍摄工作中认识的同事，这个人我不认识，整个晚上他总是想和卡塔琳娜谈论他们的电影。后来，我终于忍不住站了起来，向他们道别，然后就离开了。事后我们就我们两个人当中哪一个更没有礼貌争论了一段时间：到底是不够敏感细心的卡塔琳娜，还是草率离开的我。后来卡塔琳娜站起来，走进浴室，回来时拿着一支水枪，把我喷得里外透湿。当天我在玩具商店里也买了一支水枪，从那以后我们经常举行水枪决斗。

在去厨房的路上我踩到了一根那种带着小细梳齿的难看的发箍，卡塔琳娜总是用它们向后别住刘海。我痛得眼睛里立刻涌出了泪水。我想，被蛇咬过后应该就是这样的感觉吧。她的冷茶还在厨房里。我吃了一片吐司面包，当大约吃下去五片吐司面包以后，我感觉舒服一点儿了。我把脏的餐具清洗干净，当然也包括卡塔琳娜的茶杯。我考虑了片刻，是否重新恢复两台洗碗机同时工作的模式，因为我实在讨厌洗碗、擦干和收纳餐具这样的家务活，然而我还是改为跟着收音机里播放的歌曲大声唱，同时心里想："今天应该是美好的一天，这样的一天应该对我很好。"

当我在楼下站到汽车前面的时候，心中的亢奋突然减弱了，毕竟所有的东西都需要扛到楼上去。经过一个小时的上上下下之后，我实在没有力气了，拿着最后一块架子隔板坐在三楼的楼梯上。我讨厌这一切。我讨厌搬运家具，我讨厌这种难看的架子，我讨厌宜家。我讨厌楼梯，我讨厌这套公寓和这栋房子。我讨厌做决定，我讨厌我自己。当我直起身，把最后一块架子隔板搬进家里之后，我在身后把门用力关上，然后再次一头倒在床垫上。我恨不得大哭一场，我不知道自己应该做些什么，我也不知道自己应该去感受什么。我试着采用迈伊可向我推荐的"枕头呐喊法"。我庆幸屋里没有其他人，我只是想尽快入睡，今天也不再会中途醒来。后来，我决定专心致志完成最困难、同时也是最无聊的任务，接上录像机并且把电视机里的各个节目按照一目了然的顺序重新排列。成功完成任务之后，我一口气把六集《宇宙飞船猎户座号的太空巡逻》① 全都看了一遍。我在一家音像店的货架上发现了这套剧集的录像带，兴奋得双眼放光，于是卡塔琳娜去年过圣诞节的时候把它送给了我。每当我生病或者想放松一下的时候，我就非常喜欢一遍又一遍地看这一类节目。羊毛毯已经铺好了。现在再多拿几个小枕头，准备一些饮料。我不知道我究竟是在第二集还是第三集的时候睡着的，不过夜里我又醒过来一次，我感觉到冷，于是转移到了那张大得过分的床上。

星期一的早晨，我站在了这家历史悠久的著名企业的大门前。通往这里的三路公共汽车曾经是我上小学时的校车，我把乘坐这趟公交车的机会推迟到了今后的某一天。

---

① 《宇宙飞船猎户座号的太空巡逻》（*Raumpatrouille Orion*）是联邦德国首部科幻电视剧，1966 年播出。

今天早晨我起床起得太早了，所以我找出了我的自行车，骑车穿过市中心，越过步行桥，然后沿着长长的林荫大道来到博斯尼公司。我忽然觉得入口处的大门显得十分雄伟。从前我在柏林为一些国家公立电视台工作过，我经常在它们的门卫那儿玩一种游戏，也就是：如何进门却不让门卫发现。今天我打算在博斯尼这里也尝试一下。另外，我今天实在没有兴趣和迪尔克·菲施巴赫或者其他来自我的学生时代的幽魂们见面。结果我顺利地办到了。寻找 B 座512 房间让我有些颇费周折。找到它其实并不难，问题主要在于，它比我记忆中的要大得多，结果导致我两次从它敞开的房门旁边走了过去。

房间的光线非常明亮，给人留下良好的印象。房间内的前半部分两两一组摆放着四张写字台，后半部分被一道玻璃墙隔开，两张写字台临窗摆放。今天早晨，我是第一个到的人，甚至比吉姆还要准时，我坐在房间前半部分的一张写字台旁边，它也靠近窗户，是我最喜欢的位置。我很想查收我的电子邮件，看一看卡塔琳娜是否给我写过信，然而我无法上网，还没有密码。人们可以从办公室这里俯视全城，风景不但美丽，而且看上去有一点点儿浪漫。此时有位长着深色头发、上了些年纪的妇女走进门来，对我说了一声"早上好"，然后她伸出手向我走来，说："我是穆特夫人。"

"哈罗！我是杨恩！"我回答她道。

穆特夫人一边与我握手，一边挑剔地上下打量我，她把外衣挂起来，然后在我对面的那张写字台旁边坐下。她默默无语地望着窗外。我正想提一个问题来打破这种僵局，汤姆·布伦纳和吉姆以及其他三位同事走了进来。吉姆穿了一套极其昂贵的西装，领带上印着一只大号的米老鼠。我忽然觉得他特别陌生。布伦纳先生今天穿着西装和运动鞋，这一定是为了让他自己看上去显得肆意潇洒和活力充沛。

"哈罗，布伦纳先生！"我说。

"早上好，里特尔先生！"他笑着说。

我随后又和吉姆以及另外三位同事互致问候。穆特夫人站起身，和我们一起寒暄，她突然面带笑容，友好地说："啊，原来您是里特尔先生！"

她再次与我握手，仿佛我们是初次见面。汤姆·布伦纳为我们介绍其他几位同事，一位与穆特夫人年龄相仿的女士佩戴着珍珠项链，不过身材极为肥胖，另一位年轻的女士穿着淡紫色的西裤套装，还有一位穿牛仔裤和牛仔衬衫的年轻男士，头发不长不短，有几缕色彩低调的挑染。

"穆特夫人、巴尔策夫人、瓦格纳先生和梅弗尔特夫人。从今天开始，你们四位和杨恩·里特尔先生以及吉姆·施泰因豪尔先生一起组成新的团队。我的建议是：你们互相熟悉一下，先布置好你们的工作区域，大家不要过于拘束。各位同事请注意，过一会儿我们将召开我们的第一次会议。"

然后汤姆·布伦纳转过身对吉姆和我说："你们的座位当然是在玻璃隔断后面的单间里。"

我拿起我的小提包，离开有着窗外美景的漂亮桌子，听话地和吉姆一起坐到我们各自的写字台旁边。

"这些都是什么人?"我小声地对吉姆说。

"你应该知道。我们每个人各有一个女助理,我估计,巴尔策夫人是你的,穆特夫人是我的。然后还有一个人负责平面设计,那个瓦格纳很可能就是负责法务和财务的人,我相信是梅弗尔特夫人。"吉姆一边说,一边愉快地微笑着。

"这么多女助理,你不觉有些奇怪吗?"我问他。

"是有些奇怪,不过也很好!"吉姆说着,把他的领带松开一点儿。

"这么贵的西服你到底从哪儿弄来的?"

"人多少要适宜一下周围的环境,不是吗?"

"是,不过你也不要总是一下子就这么夸张吧!"

这里办公室的奢侈,以及我那巨大无比的办公桌,着实让我感到惊讶,另外还有那些人的忙碌程度,他们与我们之间隔着那道保护上司安全的玻璃墙,这道墙就像是玻璃罩子一样,外面的那些人其实和里面的我们一样都还没有任何事情可做呢。

我在这里用的电脑,里面装的软件比我能够用得到的多得多,存储空间大得足够用到下一次选天主教教皇。我们这里的液晶显示器和电影院的银幕差不多大。办公室里还有传真机,有分页功能的复印机,每个人有一台扫描仪,一台四色激光打印机和一部有很多按钮的电话——这些东西加在一起肯定比我们这么多年来为我们的小公司付出的费用要多得多。

我突然开始思念起我们的旧办公室里的那张磨损严重

的沙发椅来。

吉姆问穆特夫人，我们到底都有哪些电话号码，我则
考虑要不要告诉卡塔琳娜我的号码。我绝望地四处搜寻类
似于几根笔或者几张纸这样的普通物件。巴尔策夫人立刻
带着关切的表情一路小跑过来，她立刻记录下缺少的物品，
然后动身去"物资分发处"。等到所有的物品都分类整理
完毕，我们大家坐到一起开会。瓦格纳先生告诉我们，在
此之前他一直在广告部，现在负责为我们的 CD 唱片和明
信片进行产品设计。梅弗尔特夫人介绍说，她是我们的财
务会计，然后我们开始玩有趣的见面小游戏。每个人必须
说，他何时何地出生，在哪里长大成人，兴趣爱好是什么，
最近一次去哪里度假。这就像是小学里的入学教育或者放
完了长假之后似的。穆特夫人显得非常谦卑，但是我从一
开始就不喜欢她，其他人似乎都很友好。我的所谓的女助
理巴尔策夫人在一家俱乐部里打乒乓球，除此以外没有任
何特殊的事情值得记录。我们暂时以"您"相称，但是我
希望很快就会改为"你"。我四处分发了几张纸条，又两
次毫无方向地在办公室里走来走去，在此之后，我们这一
群人开始慢慢动身去开会，在两层楼上的一间会议室里召
开了第一次会议。

会议原来是博斯尼公司新型销售市场部门全体员工的
大会。我数了数，大概有四十个人。有些人携带的咖啡杯
已经有了裂口，也许都是他们个人最心爱的杯子，有两位
与我年龄相当的女士在我身边谈论她们的周末，同时用眼

角余光好奇地打量着我和吉姆。这时会议室的门打开了，汤姆·布伦纳走了进来。他向我们大家打招呼，分别介绍了我和吉姆的新团队，祝我们一切顺利，宣布了我们下半年度的预算。然后宣读了其他部门的汇报。一位中年男士介绍了一种新的 CD 盘表面印刷方式，可以用更少的钱印刷更多的色彩，另外在黑暗中还能发光，而另外一个人用投影仪往墙上投射统计图形，介绍一档名叫"烹饪决赛"的电视综艺节目 DVD 光盘的销售金额，这套光盘只在大型超市的收款台出售。下周我们也要做一个报告。一想到这件事我就紧张。我突然想起了我们在柏林的旧办公室附近的那家咖啡馆，吉姆和我当年经常一边喝我们的卡布奇诺咖啡和格雷伯爵红茶，一边进行我们的二人会议，或者我们在那里见我们的客户，努力说服他们信任我们的方案。

会议结束之后，我们特意绕路前往食堂。一条博斯尼员工汇成的人流或者在我们的前面慢腾腾地走，或者从我们的身边缓缓经过。我走在比较靠边的位置上，突然吉姆不见了。结果我只好一个人继续按照指路牌的指示往前走，然后排队等候领取食物。今天有"能够解决两餐之间的饥饿感"的墨西哥辣豆、配面条和奶酪汁的猪肉排以及"为我们的素食主义者"准备的炸春卷。我决定要二号和三号菜里面能够填饱肚子的辅料，还有两种不同的饭后甜点，我的决定把厨娘们弄得晕头转向。收款台的人也不知道应该怎样计算我的餐费，因此不耐烦地挥手让我赶紧走开。我在靠窗的地方找到一个有利的位置，在这里我可以看到一切，但是我自己却不会被人立刻发现。我从这里向就餐大厅望过去。我在大厅中央的一张小桌子旁边发现了吉姆，他正在一边和汤姆·布伦纳说话，一边做着夸张的手势。我是否应该走过去和他们坐在一起，考虑了片刻之后，我觉得我实在没有兴趣端着一盘已经吃掉了一半的午餐，从那么多张桌子旁边小心翼翼地挤过去。等我再次抬眼望过去，他们已经走了。我的第二道饭后甜点是浇香草汁的巧克力布丁，我实在吃不下了，于是把托盘送到最近的餐具回收车上，动身往回走。我在办公室里见到了其他人。

吉姆已经回来了，正在给巴尔策夫人分派任务。他想要一份博斯尼公司最近一段时间的产品清单。

"喂，她是我的助理。"我只想开个玩笑，随后补上一句，"你想了解什么？"

"没什么，我想分析一下公司最近一段时间的产品。"

我问他："到底是什么样的产品呢？"

"就是博斯尼最近半年的实验性产品，CD 唱片或者图书，包装新颖，受众范围比较大。"他说。

"嗯！"我简单地回答了一句，让他琢磨了半天。过了一会儿他问我："我说，杨恩，星期六你们两个人究竟为什么没有去我那儿？"

"你终于想起来问这件事啦，真是太好了。"

"现在赶紧说吧！"

"我们吵架了。于是卡塔琳娜星期六就坐火车回去了。"

"哎哟，"他说，"那这个周末你肯定得回柏林去？"

"不知道。"我尽量用无所谓的语气说。这一招起作用了，他什么都不再说了，过了一会儿，他宣布自己还有一个约会，然后匆匆忙忙地离开了我们的办公室。

我玩了一会儿新的电脑软件。后来电脑死机了，于是我决定干脆关掉机器，回家。在我忙着打开自行车锁的时候，我根本无法形容自己的感受。我骑着自行车经过那个有很多博斯尼公司的员工在等车的公交车站，这时我想起了初到柏林的日子，由城铁、地铁、电车和巴士组成的"柏林城郊交通网"在当时对我来说就像错综迷离的热带雨林一样。为了初步了解这座城市，前几周我总是先坐到终点站，然后从那里开始散步，走很长时间。在这个阶段最有意思的是，能够在行走之余观察到，城市和居民在不同的交通工具和车站之间有着不同的面貌。距离亚历山大广场几站路之遥的地方已经属于马尔察恩区的深入地带了。在视力所及的范围内只能看到高层住宅楼。然后再坐上电车，一直坐到终点站，最后几栋高楼的后面突然出现了草地和田野。城市西部以及选帝侯大街同城市东部之间的差异也是如此：老奶奶咖啡馆对比新潮的咖啡店，高级皮草店对比太阳眼镜店，改衣裁缝铺对比内衣精品店。这些区域当年都是值得去探索的世界。①

在回家的路上，我再次意识到，去我父母那里只需要顺便多绕一点儿路就可以了。我决定，顺道去他们那里看一下。妈妈一个人坐在厨房里，正在翻阅一本关于中文书

---

① 亚历山大广场是柏林东部的中心繁华地带，选帝侯大街是柏林西部的；马尔察恩区位于柏林东北部，有众多由高楼组成的大型居民小区。

法艺术的画册，她看上去显得有些孤单哀怨。我知道爸爸最近必须比从前多花一些时间在工作上，但是我没有想到，我现在甚至比他下班的时间还要早。

"你现在能经常顺便过来看一看了，真是太好了！"妈妈高兴地对着我笑。

"爸爸现在总是这么晚才回家？"

"你是知道的：他在人家那儿工作的那位教授，明年就要退休了，所以申请不到新的资金了。而系里新的员工人数太少，工作几乎忙不过来。这所大学，真是一个奇怪的地方。"

"可你不是还有那些好朋友吗？"

"没错，不过我觉得她们最近都有些烦人。你想想看：那个黑尔加现在有个新男朋友，聊天的时候只有这个话题。通常你爸爸在喝下午茶的时候已经在家里了，所以我还是适应这个老习惯。"她说着，站起身，先替我们两个人烧泡茶的水。"我曾经想，他在退休以前还可以轻松两年，我们能出去旅行几次。结果他却换了工作。"

"可是，妈妈，你从什么时候开始想过要离开这儿？"

"咳，你要知道，我从来没有真正离开过这里。现在时机合适了，不是吗？"

"我可是早就这么说过！"

"另外我觉得这座小城也有些烦人。"

"妈妈！你怎么现在才告诉我？"

"现在为什么不行？"

"哼，你可真有意思。"

我的妈妈幸灾乐祸地笑了，故意说："人有权利改变自己的看法，不是吗?"

"我已经看出来了。爸爸退休，你们搬走，把我一个人丢在这儿不管。"

"咳，如果是真的又怎么样?"她又露出了灿烂的笑容，"你不是还有你妹妹嘛。在博斯尼过得怎么样?"她小心翼翼地问，不过显然很好奇。

"到目前为止相当不错!"我简单扼要地回答，在我们家的语言习惯当中，这意味着我明确地告诉我妈妈，我还不想对此多说什么。

我们一起喝了一大壶茶，我一直等到爸爸回家，这才动身离开。我回到自己的公寓里，先把厨房里的电视打开。因为我很少这么早回家，所以有一个即将播放的电视节目我还从来没有看过。节目里面有一个瘦削的金发女郎，带着一队人马去陌生人的家，替他们装修一个房间。我惊讶地给我自己又倒了一杯茶，然后终于开始组装买来的家具。

迈伊可发来一条短信:"你的第一天怎么样?"

我坐在一堆木板上，手里握着手机，不知道应该怎么回答。

这张床真不错，当我把床垫放入床架里面之后，我感到很高兴，然后又开始伤心起来，因为卡塔琳娜一直到现在也没有任何消息。我给她打电话，电话占线。这让我感到既紧张又不安心。也许她和导演正在为在威尔士的拍摄工作做准备。我把世界上最好听的音乐都找了出来，轮流播放史密斯、医生、Tocotronic、B52、Cure 和 Neoangin 乐队的老唱片。卡塔琳娜的手机还在占线，于是我开始打开那些纸箱。

过了一段时间，我筋疲力尽地坐在床上，给迈伊可发短信："我极度疲惫，伤心不止。"

电话突然响了起来。

"在伤心的时候，一定要安排丰富的活动，这样伤心就会不知不觉地消失了！"迈伊可说。

我不知道应该怎么回答，不过我发现，她已经注意到了我有多么失望，因为我以为这是卡塔琳娜打来的。

我试图把我和卡塔琳娜的争吵讲给迈伊可听，不过她立刻说："我知道了……"

"你怎么知道的？知道什么？"

"杨恩，我们是女人！"她喊道，我听得出来，她想鼓励我振作起来。

"原来是这样啊……"我尽量让她从我的声音中听不出有什么问题。

我和迈伊可又聊了一会儿，我问她我应该拿卡塔琳娜怎么办，可是她也没有什么好的建议。然后我为了安慰自己，决定去街角的报刊杂货店买一些甜食。因为我不能和卡塔琳娜分享第一天的经历，所以我感到很失望，整个晚上都消磨在电视机前。

第二天早晨，我又起得很早，于是去面包店买回来五个小圆面包、一块法式黄油牛角面包和一份本地的报纸。

清晨七点钟，整个世界还沉浸在安静祥和之中。因此，我关上身后的房门，随即拿起电话听筒，给卡塔琳娜往家里打电话。没有人接。我泡了一杯茶，吃着面包，听着音乐，然后我又往她的手机上打，然而只是接通了她的语音信箱。我今天既没有兴趣因此生气，也不想为此担忧，我决定，干脆过一会儿再打一次。

不同于昨天的提前一个小时到达，我今天到达博斯尼公司的时候已经晚了五分钟，成群结队的人正在拥入公司大门。尽管如此，我还是人不知鬼不觉地走了进去。我也不知道我为什么要这么做。反正就是觉得很有趣。

大家都已经老老实实地坐在了各自的办公桌前。女助理巴尔策夫人搞来了一台立体声音响，咿咿呀呀地播放着一些乐曲。吉姆坐在我们的玻璃罩子里，在他让别人送来的一摞摞的文件里翻来翻去。

"早上好，吉姆！"

"哈罗，杨恩。"

"你手里的这些都是什么资料？"

"布伦纳派人给我送来了前两年的销售分析报表。"

"到底是什么样的销售分析报表？"

"咳，就是新型销售市场部门的分析报表。"

"原来是这样啊。结果呢？"

"非常有意思。要是我们之前就知道的话，我们完全可以把我们公司的酬金谈得更高一些。我告诉你，简直是令人难以置信。"

"我原来就是这么想的，可你总是让别人往下压价！"

"嗨，根本不是这么回事。再说我们现在可是得到了这份非常棒的工作。"

这时穆特夫人推着一辆小推车走了进来，把恨不得有一吨重的 CD 唱片、书籍和 DVD 光盘堆放到我们的办公桌上。

"这是什么呀？"我问。

"这是前几个月博斯尼公司出版的产品，"吉姆说，"我想，我们给汤姆·布伦纳分析一下，然后把我们的看法告诉他。"

我用了一整天的时间来观看博斯尼公司奇妙的产品世界，一些通过这家公司面世的稀奇古怪的项目着实让我感到惊讶。例如这里有一本采用高级皮质封面装帧的珍藏版菜谱。这是一本只能放进书架里的菜谱，只要考虑到油点子可能会溅在书上，就没有人会把它拿出来用。这里还有一套可以把人们不再喜欢听的旧 CD 唱片改装成漂亮的钟表的手工套装。我还发现有一张 CD 唱片拥有三种不同的包装。我想起来了，这是博斯尼公司几周前推出的新方案：他们现在出版了一个 CD 唱片精选系列，包括一种没有小册子的经济型半价包装，一种我们通常能够见到的正常价格的普通包装，还有一种附赠海报和音乐视频剪辑的豪华高价包装。他们认为这样能够满足所有消费者的需求，也就是说：既满足了那些通常不买 CD 唱片的人，又满足了那些只有看到包装特别精美才掏钱购买 CD 唱片的人。我认为这是愚蠢的做法。销售分析报表也能够证明，人们只选择普通包装或者豪华包装的版本。没有人购买不含小册子和漂亮封套的 CD 唱片，因为人们反正可以从互联网上下载那里面的音乐。

　　我在工作之余不断地试图联络上卡塔琳娜——一直没有成功。我尽量禁止自己去想象那些我不愿意想的事情。所以我问吉姆，我们是否可以慢慢地开始为我们的明信片CD 唱片计划制订费用预算了，因为我们下周要在会议上公布它。吉姆表示同意，于是我们先让梅弗尔特夫人把公司所属的印刷厂和压制 CD 唱片的工厂的价目表打印出来。我们对这里极其低廉的价格感到惊讶。

　　"杨恩，如果按照这种价格去做，我们当年在柏林的利润就完全不一样了。"

　　"最妙的是：有了这种价格，就意味着我们可以支配的预算也增加了。"我非常高兴。

　　我正准备动手写询价的传真，巴尔策夫人突然给我们端来了一杯卡布奇诺咖啡和一杯格雷伯爵红茶。

　　"巴尔策夫人，我怎么才能在我的电脑里找到传真专用的信头？"我目不转睛地盯着电脑屏幕问她。

　　"您根本找不到，"她笑着说，"因为我负责为您写来往通信。"

　　"哦。"我惊讶地说。

　　"您告诉我需要做什么，就可以了，这样节省您的时间。"她说。

　　我总是觉得不好意思让其他人替我做我应该做的事，我不习惯。话说回来，当然这样进度会快一些。

　　然后我们和瓦格纳先生坐在一起开会，他今天没有穿牛仔衬衫，而是换了一件非常普通的白色衬衫。我们告诉他，我们打算让印在 CD 唱片上的图案设计和明信片上的协调一致，我们一起设计了第一个主题图案，考虑到如果这个项目获得成功并且可以继续做下去的话，我们还为设计整整一个系列提出了建议。我们的第一个主题图案是一辆正在急速拐弯的红色敞篷汽车。一位美丽的女性坐在车里，她的围巾正翩翩飞舞。画面整体看上去像是 50 年代的度假风情，非常符合我们为驾车主题设计的明信片 CD 唱片的创意。这张唱片将在加油站和旅游景点销售。

接下去我和吉姆讨论曲目的选择。我们立刻就想到了四首符合主题的歌，是由几支与我们交情不错的柏林乐队创作的，我们明天就给他们打电话。梅弗尔特夫人给我们送来了版权部的数据，得知我们突然可以给"我们的乐队"那么多钱，我们兴奋极了。

在这一天即将结束的时候，我们已经差不多把第一张明信片的方案定好了，而我们在柏林做同样的事情也许需要整整一个星期。我们欣喜若狂地离开了办公室，在自行车存车处击掌告别。我们已经有好几个月没有这样做过了。

晚上我应邀在吉姆和伊雷妮家吃饭，作为对那个糟糕的星期六的补偿。他们住在城市边缘的一幢连排式双拼独栋小楼里，把属于他们的那一半精心装饰了一番，每个人都有属于自己的房间，伊雷妮在地下室里还有一间工作室。她打算在这里继续生产她的儿童服装并且在网上销售。他们家里甚至还有一间餐厅，里面摆着一张长长的深色原木桌子和几把相称的软垫椅子，而那顶沉甸甸的枝状吊灯看上去一定价值不菲。孩子们兴奋地在花园里蹦蹦跳跳，任由我用浇花的橡胶水管把他们喷得湿淋淋的，同时不断地大声尖叫。吉姆企图用吹风机把烧烤架里的炭火吹得再旺些，伊雷妮则几乎把一切能拿来烧烤的食物都准备好了：蔬菜、小香肠、自己腌的肉串和肉排等等都装在各种特百惠塑料盒里，摆在花园桌上。

事实证明，让孩子上床睡觉是一件不可能完成的艰巨任务。吉姆和伊雷妮十分严厉，因此孩子们便转而用可怜巴巴的眼神望着我。

我说："再玩半个小时，然后就真的要回去睡觉啦！"

吉姆和伊雷妮来回转着眼珠表示不满，不过至少我今天把两个小孩拉到了我的一边。

我们坐在一起，努力避免谈论与博斯尼有关的事情，然而我们也想不起来还有什么其他事情可谈。因此我们很少说话。空气温暖柔和，伊雷妮种的百合花香气扑鼻。吉姆的儿子马克斯给自己搭了一个帐篷，在里面玩得忘记了身外的世界。女儿路易泽舒舒服服地坐在我的大腿上，希望这样能够把半个小时拖得再久一些。伊雷妮倚在吉姆的怀抱里，我们就这样安静地看着星星。

不知过了多久，吉姆问我："你还想要小香肠或者烤肉串吗？"

"不要了，谢谢，我肯定已经吃过五串了。"

等到天凉了，炭火熄灭了，我把已经在我怀中入睡的小姑娘抱到床上，然后向主人道别。我之前曾经告诫自己，今天晚上一定要把吉姆和伊雷妮当做是庸俗小市民的典范。

可是现在，当我想到卡塔琳娜的时候，我只有无尽的悲伤。

第二天早晨，我的助理巴尔策夫人激动地冲进我的办公室，说："里特尔先生！我刚刚从人事部得到的消息，他们说您已经无故旷工三天了！"

"怎么会这样？我可是一直都在这里的呀！"我惊讶地反问。

巴尔策夫人把如何用考勤卡记录工作时间的使用方法讲给我听。她把我带到人事部，帮助我填写表格，和我一起等待，直到卡片交到我的手上。我觉得这就像是在学校里一样，如果谁做了什么错事，就会被叫到老师的办公室里，站在校长面前为自己进行辩护。我对吉姆感到愤怒，因为他肯定早就已经有考勤卡了，本来应该对我说一声的。

我拿到我的卡之后，坐在办公桌后面的那位女士，告诉我加班怎么计算，加班费什么时候支付，什么时候只能"对加班进行补休"。然后我又得到一份有若干页纸的表格，如果我想申请休假的时候，必须填写它。巴尔策夫人非常细心，又告诉我应该如何填写各项内容，什么人有权或者无权批准我的申请。

我有些晕头转向了。

傍晚回家的时候，我把那张闪闪发光的新考勤卡从一台自动考勤仪里划过去。机器嘟嘟地大声叫起来，我吓了一跳，不知道这是否正常，于是干脆迅速地一走了之。

今天我闻到刚刚收割过的草地散发出来的清香，感到非常舒畅，所以骑着自行车穿过田野绕了一些弯路。

通往林荫大道的路口前面不远处有一片田地，那里生长着一些美丽的老果树。我缓缓地从一棵果树旁边骑过去，摘了几颗樱桃。它们还有一些酸涩，尽管如此，仍旧能够给人带来特别的感受，而这种感受是无法与来自大城市并且没有这种经历的人诉说的。当我用一只手扶着车把、用另外一只手拿着樱桃吃的时候，那种感觉真的和自由自在的含义一样。

我骑车来到市中心，正好经过从前迪茨夫人开的爱德家超市所在的位置。我诧异地从车上下来，因为现在这里是一家大型的利德尔廉价超市①。过去超市里总是有各种颜色的购物筐，如果成功地偷走一个的话，可以用那种筐装下至少五十盒磁带。我当年的全部磁带收藏都是这样保存起来的，我只有六十分钟和九十分钟一盘的磁带。如今超市里只有排成长蛇一般的购物车，人们必须用一个欧元的硬币塞进购物车里，才能解开一辆以供使用。一些购物车有可以拉下来供儿童乘坐的位子，还有一些有可以打开来存放饮料箱子的地方。我用一枚妈妈不知何时留给我的一欧元塑料代币解开了一辆那样的购物车，那枚代币是源泉公司②的广告礼品。我惊讶于这家超市的规模变大了，但是我随后发现，原来超市为了增加销售面积，扩建了迪

---

① 利德尔廉价超市（Lidl）是德国大型连锁廉价超市，这一类超市导致德国不少传统的中小型超市（如爱德家 Edeka）失去价格竞争力，纷纷破产倒闭或被兼并。

② 源泉公司（Quelle）曾是德国一家规模很大的邮购公司，同时也经营以销售电器和整体橱柜为主的实体店，如今已被并购。

茨夫人位于爱德家超市后面的私人公寓。

　　我一边穿行在货架之间，把一些生活必需品放进有些大得过分的购物车里，一边听着许多八九十年代的流行畅销金曲和现在的流行精品。"阿尔法村"乐队①唱道："如今有多少冒险无法实现。有多少歌曲我们忘记怎么去唱。有多少凭空而生的梦想，我们要让这些梦想成真。永远年轻，我要永远年轻。"

　　我想起，自己从前总是喜欢往那些只有冷冻比萨饼、罐头食品和啤酒的购物车里，塞一根黄瓜或者其他有利健康的食品。

　　我在走到甜食货架附近的时候吓得全身抽搐了一下。卡佳，就在我面前几米远的地方！我一直担心在这座城市里会遭遇到这样的重逢场面。我历来不知道应该作何反映，同时也害怕自己会惊得失语。我一眼就认出她来了，我的老同学卡佳·威廉。难道一定要让我现在遇到她吗？卡佳·威廉从五年级开始就坐在我的对面。其实我们从来没有交谈过。至于为什么，我已经记不清楚了。

　　我先考虑了一下，是否干脆走到她的面前和她打招呼，但是最后我决定，悄悄地推着购物车跟在她的身后。每当她朝我所在的方向望过来的时候，我都立刻转过头，努力朝另外一个方向的货架望去。

　　现在她推着购物车来到了一边是美容化妆品，一边是婴儿用品的过道中间。这意味着她可能已经有孩子了。那

---

　　① "阿尔法村"乐队（Alphaville）是 20 世纪 80 年代一支以电子合成乐闻名的德国乐队。

么她肯定也已经结婚了，这符合她的性格作风。那时候我就觉得她是一个听话的乖孩子，她总是认真完成所有的家庭作业，总是能够得到优良的成绩，上八年级①的时候就有了第一个关系稳定的男友，而且三年以后才和此人分手。不过她既没有从左首也没有从右首拿走任何商品，而是向宠物食品的方向走去，在那里买了两听猫粮罐头。这让我颇感意外，但是随后我想起来，或许我把她和玛里昂弄混了。后者是那个从四年级开始就坐在她旁边的极端保守的女生。卡佳和猫粮？难道她是那种绝望的单身剩女？难道她把猫咪当做孩子的替身来养？突然间卡佳消失了。无所谓啦，反正我绝对不可能和她发生任何关系。也许她在业余时间去那种埋头苦练的健身房，甚至和朋友们玩无聊的迷你高尔夫或者保龄球，并且和男朋友住在那种从一套公寓里隔离出来专供出租的套间里，或者住在双拼独栋小楼里的一侧。这里有很多人将他们的个人生活全部安排在周末，而在柏林周末只有极少数人外出娱乐，因为各种俱乐部在周末的时候通常会被游客和来自柏林周边的外地人占领。举办"爱的大游行"的时候，情况总是最糟糕的，那些来自小地方的人被一列列人满为患的火车运过来，然后整整一个周末又蹦又跳，"尽情撒欢儿"。"爱的大游行"实际上就是提前举办的慕尼黑啤酒节②。

---

① 德国的八年级大约相当于中国的高中一年级。

② 爱的大游行（Love Parade）是世界上规模最大的街头电子音乐节，从 1989 年开始几乎每年夏季举办一次，前几届均在柏林举行，参加者多达上百万。慕尼黑啤酒节又称"十月节"，每年九月末十月初在慕尼黑举行。

我考虑着今天晚上可以吃些什么，但是却想不出来。我觉得自己似乎一点儿热情也没有，给自己一个人做饭显然也不明智。我和卡塔琳娜搬到一起之前，我在柏林也常有同样的烦恼，那时我不是凑合着烤一张比萨饼，就是干脆吃一包儿童速食麦糁粥。有一次，卡塔琳娜一时兴起来看我，我急忙遮掩麦糁粥的包装盒，但是没有成功。卡塔琳娜看到盒子之后，突然兴致大发，非要吃不可，我们随即在厨房里一起做了一大锅。因为我又忘记了给炉子添煤，所以小屋子里冷得几乎可以看到冰棱了，我用吹风机把床被吹暖，然后我们在床上一边喝麦糁粥，一边看电视。

　　我不想再凑合着吃比萨饼了，尽管如此，还是以防万一拿了几盒速冻的。这时我突然听见有人在背后喊我："哈罗，杨恩！是你吗？"

　　我装作什么都没有听到，但是不起任何作用。

　　"哈罗，杨恩！真的是你啊！"

　　我转过身，正好站在卡佳面前，于是飞快地说："哈罗，卡佳！没错，是我。"我感到很惊讶，因为卡佳的变化非常大。从前她烫着大波浪发卷，喜欢穿有花朵图案的褶边衬衫，如今她的头发美丽顺直，身上穿着 T 恤衫和牛仔裤。我注意到，她的眼睛周围已经有了喜欢笑的人才会长的有趣的皱纹。

　　"看来你今天吃比萨饼，是吗？"

　　"是。"我不知所措地说道。

　　"从你妹妹那儿听说，你现在又回这里来住了。我们也经常吃比萨饼。如果你有兴趣，可以到我们家做客。我现在和一个女友住在一起。我们还可以一起吃比萨饼。我会非常高兴的。"

这一点我可没有预料到。在我的家乡小城里，人们难道已经认可了在大学范围以外的联合租房，承认它不过是一种生活方式和一种选择？这真是新闻，实在令人难以置信。于是我们交换了各自的电话号码，相互许诺给对方打电话。我又把几样东西放入我的购物车里，但是我现在心里很清楚，其中没有一样东西合我的心意，也没有什么能够相互搭配在一起。

我回到家中把购物袋放在厨房的桌子上，正在考虑用它们做什么，此时电话铃响了。

"哈罗，杨恩！"

"哈罗，卡塔琳娜。"虽然我最初很想表达出自己的气愤，但是我却于心不忍。我不知道，她一走了之并且这么长时间不和我联系，我是否应该生气，还是终于听到了她的声音，我现在应该感到高兴。

"我想给你打个电话……"卡塔琳娜说话时的语气听起来和我的心情一样毫无把握。

"试着给你打过几次电话，你一直都没接。"我尽量迎合着她的话。

"我经常跑来跑去的。"她说罢，沉默了一会儿，接着问，"在博斯尼过得怎么样？"

"到目前为止非常不错！"我简单地回答。

"你在其他方面一切都还好吗？"她犹犹豫豫地问。

"还行。你呢？"

"我明天一早坐飞机去英国威尔士。"

我已经想到了，不过我现在不想提这件事。我在考虑是否应该道歉，不过我还是不知道为什么要道歉。卡塔琳娜也没有说什么。我们各自在电话的一端沉默不语了一会儿时间。如果我们现在面对面地坐着，事情会简单得多。

"你什么时候从威尔士回来?"

"大概两天以后。"

"我想你……"我实在忍不住了。

"我也是。"

"我们什么时候能见面?"

她没有回答。也许我不应该这么快就再次问她这个问题。

"我从威尔士回来以后，立刻给你打电话，好吗?"

"卡塔琳娜，没有你，我在这里过得很不好。"

"杨恩，没有你，我这里过得也很不容易。我给你打电话，好吗?"

"你发誓?"

"我发誓。"

"再见。"她轻声说罢，挂上了电话。

迈伊可说过，人在伤心的时候，一定要安排丰富的活动，否则伤感永远也不会消失。我把付款收条找了出来，那上面有卡佳留给我的电话号码。

"怎么样，你已经把你的速冻比萨饼吃完了?"我问卡佳。

"是的，吃完了。"

"哎呀，太遗憾了。我还没吃完我的呢。我正好没兴趣自己一个人吃。"

听了这话，卡佳哈哈大笑。"你是正好一个人不知道应该干些什么才好，对吧？西尔克和我今天想去看电影。你看过《国王的来信》吗？"

我对这部电影一无所知，不过无所谓。

"没有，我还没有看过。电影什么时候放呢？"

"中央电影院，八点。你来得及吗？"

"吃比萨饼可能已经来不及了，不过我会赶过去的。"

"行。我们在大厅见面？"

"好的！一会儿见！"

我真不敢相信，我现在竟然在家乡小城里约老同学看电影，而且还是一部我在柏林绝对不会去看的电影。不过，尽管如此我还是感到很高兴。我顺路在报刊杂货店里买了一些猫舌巧克力①，也许我先前把卡佳和猫粮联系在一起就是因为这种巧克力。卡佳已经到了，把我介绍给她的女友西尔克。当我们并排坐在一起的时候，我吃惊地注意到，她们两个紧紧地拉着手。影片里有很多枪击和情爱的画面。最后一切还算美满。这完全符合现实的要求，也许在这座城市里根本就不应该让大家看到除此以外其他的结局。

看完电影，卡佳、西尔克和我又走进隔壁的酒吧准备再喝点儿什么。这里每张桌子上都摆着一个大盘子，盛放

---

① 猫舌巧克力是一种五至十厘米长的条状巧克力，因状似猫的舌头而得名。

酒吧自己烘焙的饼干，我想起了以前在柏林的一次派对，桌子上也放着这样的大盘子。我误以为那些大麻饼干是巧克力饼干，在迈伊可拦住我、告诉我真相之前，我肯定已经一口气吃下去了四五块。结果我还来不及感到震惊，就已经觉得天旋地转了。事后我在家里大汗淋漓地躺了两天。

卡佳和她的女友向我讲述了玛里昂以及我们班其他人的近况。我很庆幸能够这样又快又轻松地了解到基本情况。任何关于老同学们的消息都没有让我觉得意外。只有卡佳让我感到惊讶，她非常可亲，能够理解我言谈中的那些冷嘲热讽，笑起来发自肺腑。我暗自纳闷，为什么当初我们从来没有交谈过。我很想知道，她和她的那个女友关系如何，她的父母，还有我们班里那些显然与她时常有联络的其他人，他们是否了解此事，但是我不敢问，尤其考虑到西尔克正坐在我们的身边。等到她们两个喝完啤酒，我喝完我的格雷伯爵红茶，我把她们一直送回到她们的家门口，然后才返回我自己的家中。

我正想打开公寓的房门，却发现燕妮坐在楼梯上睡着了。我叫醒她，把她推进门。

"我的天啊，"她说，"我肯定在那儿睡了至少一个小时。这份工作简直会要了我的命。"

"要不要我给你配一把钥匙？"

"好主意。你能给我们泡杯茶吗？"她问我。

"当然可以，"我说，"什么风把你给吹来了，小东西？"

"真烦人，杨恩，你能不能认真地对待我，十年前我的个子就比你高了。"她向我抱怨，"我想和你谈谈。"她说话的时候变得温柔一些了。

"什么事，小东西？"

她猛地坐在厨房里的椅子上。"我再也不想这样受苦受累了。我的老板建议我去参加师傅资格考试。"

"然后呢？这不是大好事嘛！"

燕妮用食指把桌面上的一些面包屑推到一起。"可是那样我又得没完没了地去上学，钱暂时也挣得少了！"

"我的天啊，不要摆出这副奢侈拜金女的样子来吧！"

"杨恩，根本不是那么回事。"

"那么究竟是怎么回事呢？"

"你能借给我一点儿钱吗？"

"哎呀，我的老天爷。我第一个月的薪水还没进我的银行账户呢。刚找到一份稳定的工作，就有人来借钱。"

"又不是立刻就要。下个星期我来拿也没问题。"她放肆地对我咧嘴笑。

我自然是立刻宣布战败，给她冲了一杯茶，随后甚至把留给我自己救急用的两张比萨饼都塞进了烤箱里。直到我累得几乎要从椅子上摔下去，她这才吃饱、睡好、心满意足地回家去了。

第十章

第二天早晨我老老实实地把我的卡从缝隙中划过去。机器嘟嘟地大声叫起来，突然迪尔克·菲施巴赫站在了我的面前。我心里正在想，早晚会有这么一天，他已经捶了我的肩膀一下，说："哈罗，杨恩！老兄，我几天前在电话名单上发现了你的名字。可是从来没有看到你进门。你现在也这儿工作了，是吗？"

"这里有个新部门。不过一切都还在建设当中。还没有什么可说的！你过得怎么样？"

"挺好，这前面也没什么事！我们今天中午在食堂随便聊聊，好吗？"

"太棒了！我一直在一点钟左右吃饭，你呢？"

"我完事了，给你打电话，行吗？"

吉姆在办公室里激动地向我迎面冲过来："汤姆·布伦纳今天要和我们谈话。他想知道，我们怎么评价那些产品。所以我们必须事先再坐到一起谈谈。"

"行，为什么你今天又到得这么早？"

"杨恩，这是这里的惯例。"

"我知道，可是你没有必要又这么夸张，总是摆出一副超级准时的样子来。"

吉姆翻了翻白眼。"你总是为这一类事情激动，这让我真的觉得有些无聊了。"

吉姆还要尽快办一些事，于是我百无聊赖地在办公桌上翻动那些 CD、DVD 和书籍。也许我真的应该今天中午在食堂把这些杂七杂八的东西给迪尔克·菲施巴赫看，然后询问他有什么看法。经过几个工作步骤之后，这个主意让我感到非常兴奋，我已经没有兴趣等吉姆回来了。我动身去食堂，当真从那些东西里拿上了几件。我吃完了饭，连咖啡也喝完了，迪尔克·菲施巴赫这才来到我的桌子前，挨着我坐下。

"你没给我打电话！"

"哎呀，对了。我彻底忘了。抱歉。现在我必须去参加一个会议。我们明天再约一个固定的时间吧，好吗？"

"可以，杨恩，没问题。可是我的休假批下来了，从明天开始。两周以后再回来。"

"明白了！迪尔克，你尽快仔细看一眼这里的东西，然后告诉我你的看法。"

迪尔克用手拿起每一样东西，前前后后地仔细查看，然后说："谁需要这种东西？"

"谢谢你，迪尔克。这对我来说就足够了！回头见！"

当我走进办公室的时候，吉姆已经紧张地站在门口，既亢奋又不解地看着我，说："杨恩，我们马上就要和汤姆·布伦纳开会了！我们还没有坐在一起谈谈呢！"

"是的，吉姆，我知道。我们能不能把'开会'这个词换成'商量'？我实在是受不了这种故作正式的姿态了！"

"你觉得这样好就换呗！"他有些恼怒地说。

我们走进一间我之前从未见过的会议室。这里至少坐得下上百人，但是我们只有三个人。汤姆·布伦纳随意地坐到我们的身边。

"你们对这里已经有些适应了吗？"

吉姆表达了他对食堂的些许赞赏，说他打算过了夏天就把孩子送进公司的幼儿园里。我想对食品供应的种类提出建议。另外我还很想说，我们只需要一个女助手就足够了，而且我觉得玻璃挡板很傻，这样一来员工根本无法和其他人建立正常的关系。但是我觉子我最好还是闭嘴。

"你们已经仔细看过我们的产品了吗？"汤姆·布伦纳问我们。

吉姆面带疑问地注视着我。汤姆·布伦纳也用询问的目光看着我，我觉得似乎手表的秒针移动时突然发出隆隆的雷声。

"我有时候觉得，在您这儿什么都少一些会更好。"这句话直接从我的嘴里溜了出来。

现场一片沉默。

我环视四周，在我眼里一切都是那么不真实。尽管如此，能够说出自己的想法，这种感觉还是非常好的，我决定继续这样说下去。

"布伦纳先生，手表的手工套装这个创意我一点儿也不喜欢。"

吉姆惊恐地看着我，试图从布伦纳的身后向我打手势。

"真的不喜欢？"汤姆·布伦纳不知所措地看着我，"我们以为这是一个有趣的创意。"

"是这样的，我刚刚把这个手工套装给我的老同学看，

他现在是公司的门卫。您知道他都说了些什么吗?"

"说什么?"他问,把手臂交叉着放在肚子上。

"他说:'谁需要这种东西?'我觉得他说得有道理。您的这个手工套装只能降低 CD 这个产品的品质。"

"您真这么想?"

"我认为,让 CD 变得人人买得起是一方面,但是改变了它的用途,就完全不同了。"

"嗯,我会考虑这个问题的。"他这么说,看来算是接受了我的批评。

"然后还有那本高级的烹饪书的问题。"

"怎么呢?"他非常好奇地问。

"布伦纳先生,您喜欢烹饪吗?"

"老实说在我们家我的夫人负责做饭这件事。"

"请您不要生气,不过我已经猜到了。我有时候也非常喜欢自己做饭,所以我可以确信,我肯定不会按照这本烹饪书去做饭。"

"哦,真是这样吗?"布伦纳好奇地向前探出身子。

"对,不会的。对我来说,它太贵了。太高级了。我担心污渍会溅到书上。"

"真有意思。看来我们应该为年轻一些的目标人群去设计一本烹饪书。里特尔先生,这本高级的烹饪书销售情况很好,但是很可能您说得有道理:也许为同样的内容安排更年轻、更价廉物美的包装,销售情况会更好。我立刻就把这一点转告相关的团队。"

我注意到吉姆在谈话的过程中逐渐放松下来。他甚至还补充了一句,说他的夫人也喜欢照着她母亲留下的老烹饪书做饭，这其中的原因不是书里的菜谱有多么特别，而是因为书本身古老而且卷起了毛边。

汤姆·布伦纳笑了，他看了看手表，说他必须赶紧回办公室。然后他又提醒我们记得在下周的会议上介绍费用预算。

我在这次谈话结束之后去上厕所，先是挑了一个隔间坐了进去。这里有利于思考问题，我在学校里也总是这么做。如果一个人想静一静，厕所永远是好的选择。我恨不得先睡一觉或者坐在这里直到下班。

当我回到办公室的时候，吉姆向我招手。他看起来完全不再生我的气了。

"喂，杨恩，整个过程棒极了。我完全没有想到，布伦纳这么虚心听取批评意见。刚才有个马丁给你打过电话，让你尽快回电。"

我往马丁的手机上打电话。

"哈罗，马丁！你现在在哪儿？还在你的奶奶家吗？"

"是的，不知为什么它变成了一次相当详细的访问。不过我现在要开车回去了，在我继续往莱比锡开之前，我得把我妈妈送回她的家。你有时间吗？"

"当然有。我们一起去喝点儿什么！我七点钟到家，你过来吧。"

关于和布伦纳先生的谈话，吉姆与我又谈论了一段时间。显然，如果继续这样下去，我们在博斯尼可以扮演青年革命家的角色了。我很喜欢这种局面，吉姆则更加小心谨慎。尽管如此，现在的感觉和我们在柏林办公司之后第一年的感觉几乎一样好，那时候我们五点钟相互道别，开车回家。

八点钟门铃响了，我按下开门器，然而门铃还在响。

"出了什么事？上来吧！"我通过对讲器喊道。

"不，你下来。快点儿！"

马丁的到来让我感到高兴，于是三步并作两步地飞奔下楼梯。最后一级台阶比别的都窄，不过我已经记住了。汽车里不止坐着马丁，还有亚历克斯和勒内。我再一次注意到，大家的变化有多么大。

"这简直就像是迷你版的老同学聚会。"我朝他们喊道。

"就像是童话磁带里的'三个问号'的故事。"亚历克斯喊着回答。

我既觉得高兴，又有一丝尴尬，因为我是真的被感动了。

马丁、亚历克斯和我，我们当年真的是三个"最要好的朋友"，而勒内也是和我们一起的——不知道为什么这种感觉刚刚好，让人以为一切都还没有改变。我回忆起过去，回忆起我们共同度过的时光，大部分时间我们都是在汽车里度过的。现在我们又坐在一辆汽车里，如果我们当中的有些人没有圆滚滚的肚子或者稀疏的头发，我们甚至可以相信，时间根本没有流走。

当年我们基本上只有四种愿望，我们像对待梦想一样谈论着它们，因为它们尽管可以实现，对我们来说仍然是遥不可及的。第一个是有朝一日拥有驾照——这样就终于可以体验自由了。马丁当时总是听"陶土石头和碎片"乐队（Ton Steine Scherben）的一首歌，其中有这样几行歌词："我们生生生来就是为了自自自自自自自由，我们是千百万当中的两两两个人，我们不孤单单单!"

　　我们的第二个梦想当是去伦敦旅游，结识真正酷到极致的音乐人。第三个是我们希望有固定的女友，能够真正地轰轰烈烈爱一个人。第四个是唯一一个实施起来有难度的梦想：我们都希望人生中至少有一次能够有一份又酷挣钱又多的工作，这样才能消费得起在我们的家乡小城里绝对没有的两样东西：乐趣和魅力！

　　我们在学校里正在读乔治·奥威尔的《1984》，读到其中关于未来的想象感到极其好笑。我设想着遥远的2000年。未来对我们来说不仅仅是驾照、女友、英国和钱，它也意味着那个可怕的设想，我们即将是三十岁的人了。不过我反复思考以后觉得，和数字2000比起来，三十这个数字更加不可思议。直到今天我的看法还是没有多少改变。2000我能够轻松接受，但是三十却至今未能消化。

　　现在我和我的老朋友们一起坐在汽车里，我们已经三十岁过了好几天了。我的脑海里浮现着我们的过去。当年我们发誓永远相互忠诚。我想起了在中学的最后一天结束后我们举办的小型私人告别派对上拍下的那张照片，我们四个人都在照片上面。我们把照片平均剪成四部分，每个人得到了其中的一部分。我问其他三个人，他们是否把照片带在身边。结果我是唯一一个没有带的人，于是我说："我发誓，在柏林的时候我一直把它放在包里，一起放在里面的还有我的免疫注射证明和我的出生证明！"

其他几个人嘲笑我的话。我们终于能够再次聚首，我感到非常庆幸。中学刚毕业的时候，我们经常聚会，但是随着时间的推移，次数越来越少。聚会渐渐需要越来越长的规划时间。尽管我们目前全都拿到了热切盼望的驾照，但是我们曾经设想过的自由随意的拜访，却因为时间、学业、职业和女朋友的原因变得越来越难以实现。

"我们去中学踢足球吧。"勒内建议。

"先在加油站停一下，买些饮料，好吗？"亚历克斯回应道。

和从前一样，在加油站又是一通忙乱。大家都忙着拿饮料和薯片。亚历克斯只拿了最重要的：六瓶装的啤酒、罐头混合饮料、花生酥、巧克力，每个人一个冰淇淋。终于又有"棕熊"冰淇淋了。可惜的是，太妃糖没有以前那么有韧劲儿了。

"如果我们把这些都吃下去、喝下去，我们肯定踢不了球了。"马丁说。

"我们究竟有没有球呢？"我问。

"当然有！"勒内说。

"一切都准备就绪。"马丁说。

"谁都不许溜走。"亚历克斯笑嘻嘻地说。

因为校工还住在学校的校园里，所以最后的一段路我们把车灯关掉了，然后轻手轻脚地步行穿过校园。我们翻越栏杆的时候，几乎每秒钟有五千条回忆在我的脑海里闪现。草场的后部没有人会听到和看到我们。马丁立刻像个疯子似的在操场上带球奔跑，仿佛他将贝肯鲍尔和贝克汉姆合二为一。勒内气喘吁吁地跟在他的身后。马丁将球中传给亚历克斯，亚历克斯兴奋地大声尖叫起来，因为他居然把球接住了。我试着从亚历克斯脚下把球夺走，所以跟在他身后跑。亚历克斯被自己的腿绊倒了，脸朝下扑倒在地。没有人拿球，它是我的了。我像是被毒蜘蛛蜇到一样拼命往球门方向跑，那里没人把守。我射入一球，大家热烈欢呼。又踢了一刻钟之后，我们都跑不动了，只有马丁还在场地上带球跳跃。我们其他人筋疲力尽地坐在球场边，喝着饮料。我大汗淋漓，几乎喘不上气来，但是我感到非常幸福。我们坐在那里，聊着过去的轶事，一直到深夜。有些事情让我觉得难以相信，以至于我认为，那是我们想象出来的。我考虑了一下，是否把昨天和卡佳一起看电影的事说出来，最后决定还是算了。我们开车回家的时候，天色开始慢慢变亮，乌鸫鸟开始歌唱。若是以前，我绝对不会相信，我搬回家乡小城的第一周就度过了一个不眠之夜。

　　整个星期四我都在竭力使自己保持清醒。我不断地向巴尔策夫人求助，还有吉姆的卡布奇诺储备。格雷伯爵红茶今天对我已经不起作用了。

下午我又拖着疲惫的身躯去民政局办理户口登记。我把我的租房合同给女公务员看，她要求看身份证。她长时间地瞪着我，然后再看看证件，然后又回过来看我。这样持续了一段时间之后，她神情严肃地问我："您的姓名？"我有些困惑，因为证件上的照片也许是半年之前照的。我最近这几周变化有这么大吗？昨天夜里的活动反应在脸上了？于是我说："我的名字是奥利弗·舒尔茨。"

女公务员不觉得有趣，说了一句"哈哈"便离开了房间。我在那儿坐了半个小时，看着几乎快要干死的盆花和装有几吨重的灰色文件夹的退色柜子。我正考虑准备走，她又回来了，把一张纸条放在我的手里。"您拿着它去市政财务部门，买一张十欧元的等价券。"

我在一条长长的队伍后面排了很长时间，终于来到一架自动售票机前面，我的钱总是被吐出来。站在我身后的人已经开始不耐烦地瞪着我了，不过我在买到等价券之前，是不会离开这里的。一位老妇人把我的钱换成崭新的欧元。我兴高采烈地拿着纸条和等价券回到女公务员那里。现在又有十二个人排在了我的前面，不过最后我还是把事情办完了，我的户口迁移证明到手了。我迅速地考虑了一下，是否申请一本新旅行护照，不过在同一天内在民政局办两件事，我的精神和体力都支撑不住了。

我在家里把一些东西从纸箱里收拾出来，把东西分成非常重要、重要和不重要三大类，分别叠放起来。然后我上床睡觉。

第十一章

今天是星期五，我今天早晨吃早点的时候，厨房里的比萨饼盒子给我带来了一个疯狂有趣的创意：设计有香味的 CD。这听上去很疯狂，但是有无数的人用那种喷过香氛的东西熏他们的汽车，以至于其他人都不愿意与他们同车而行。为什么就不能设计出一种香味 CD 来呢，盘上印着摆好配料的比萨饼的图案，味道闻起来像是比萨饼香料，音乐是意大利流行歌曲。吉姆立刻被这个主意吸引了，出主意说重金属音乐的 CD 闻起来应该是硫磺的味道。我用了一整天的时间搜索资料，我能说什么呢，制造香味 CD 是可行的。

不知不觉突然就到了下午四点，我已经可以下班了！我在柏林的时候常常盼着能够这么早下班。可是现在怎么办呢？我该做些什么呢？我对什么感兴趣？周末一个人过？我只是出于感兴趣，打算随便看一眼，下一班火车什么时候出发，于是我动身去火车站，心想：卡塔琳娜还没有和我联系，也许她还在威尔士。即使她在柏林，她也没有多少时间和我在一起。如果我坐车回去而她在家的话，我最早也只能明天早晨才能看见她，也就是吃早餐的时候。也许只能傍晚才能见到，她从拍摄地回来，累得只想倒在床上睡觉。尽管这也算是和她一起过的周末，但是她其实人在心不在。如果她喜欢多工作，我能理解她。但是尽管如此我还是会很生气，因为她没有时间陪我，连一点儿时间都没有。当然她结束工作以后要和同事们喝上几杯，也许在随便哪一家全天营业的快餐厅买一份土耳其烤肉。然后他们会去一家俱乐部坐一会儿，喝一杯啤酒或者鸡尾酒。他们会回忆一下全天的事情，然后谈一谈什么事情怎么样，有哪些难办的事。我了解这种谈话，虽然内容总是大同小异，但是却非常重要，因为在同事中间人们会感到像是在一个朋友圈子里似的，仿佛大家都有神秘的使命。那些话题只有在场的人才会感兴趣，外人是不可能明白的。

我在想，如果卡塔琳娜在一个这样的夜晚不给我打电话，我该有多么生气，还有我应该如何让这种情况不要发生。我当然知道，在那样的时刻给男友或者女友打电话是一件蠢事。尽管如此我还是会生气。我会觉得自己被人排除在外。我等着她向我提出很多问题，博斯尼公司的气氛怎么样，我有什么感想，工作有没有进展，事情是不是和我设想的一样。我等着她告诉我很多事情，例如她已经开始关心能否在我的家乡小城找到什么合适的工作。她会说自己工作繁忙没有时间关心这件事。当然我能理解她的做法，当然我也会感到生气和伤心。她会等着我询问她的工作，都做些什么，她有什么感想，工作有没有进展，事情是不是和她设想的一样。我可能根本不想问，因为我知道会和其他的拍摄现场大同小异，只不过她现在拍的是一部真正的故事片。不，不是这样的。我其实是害怕，她生动形象地向我描述拍摄现场有多么有趣，终于不用再拍电视片了，而是一部真正的故事片。

我正在思考这些事情的时候，突然发现我已经站在火车站前面了。这个周末和我希望拥有的周末不一样，如果我希望，不是我坐车去柏林，而是她到我这里来，正当我还在继续琢磨的时候，我已经站在了排队等待快速购票的队伍的队尾。我很清楚，什么在等候着我，然而我还是买了一张回柏林的车票。

到达柏林的时候，我有一种奇怪的感觉。城市的灯光让我备感忧伤。我觉得自己像是一个游客，或者类似的人，当我第一次到柏林来还没有自己的公寓的时候，我有着类似的感觉。等我用钥匙开门的时候，屋里的味道完全变了。我的房间里现在住着那位女演员，房间的门敞开着：里面没有人。我很惊讶，原来把这个房间装饰得漂亮一些，它还可以变成这个样子。我往厕所走，地上到处都是可以要人命的发箍，到处都是小瓶子、小罐子和香水的试用装。她们在一周之内把卫生间改造成了女孩子们的专用浴室。卡塔琳娜还在威尔士吗？还是和同事们喝酒去了？我要不要给她打电话呢？也许迈伊可知道，卡塔琳娜在哪儿？

厨房的餐桌上放着一份已经填好了的广播电视收费中心申报表，我忽然想到了那个夹着公文包的男人。我看了看冰箱，可惜已经空了，不过我在冰箱的最里面找到一罐派对剩下的可乐。我拿起可乐，坐在电视机前。我把脚抬高，如果想在小沙发上坐得舒服一点儿，这是唯一一种办法，我似乎有些怀念这种感觉。我拿着遥控器在三十秒之内换了二十个台，最终定在了柏林的地方台。在这个台可以看一般的晚间新闻。夏洛滕堡区着火了，施特格利茨区有一家储蓄银行的分行被抢劫了，柏林交通公司又要给车票涨价了。一切都和平常一样，我开始慢慢地感觉到安全。我觉得挺高兴，因为新闻之后是冈特·普菲茨和布里吉·特米拉主演的电视剧《烧烤店的三女士》。我一直都很喜欢这部剧。不过我没有看多少，因为我这一周来累得要死，所以很快就睡着了。

我做了一个错乱的梦，卡塔琳娜和迈伊可结婚了，还生了孩子，她们给两个孩子分别命名为"壮志凌云"和"女猫人"，她们还把CD当做飞盘，用它把苹果从树上削下来。

突然我的手机响了，我睡眼惺忪地把它从外衣口袋里掏出来。

是卡塔琳娜，她用责备的语气问我："你到底在哪儿？"

"这儿。"我诧异地说。

"这儿是哪儿？"她不耐烦地追问。

"当然是在家。"我坚定地说。

"你不在！"她气冲冲地回应。

"我在！你到底在哪儿？"

"和迈伊可一起在你的公寓里！"

我在电话背景声音里听到迈伊可大喊："哈哈，杨恩，我们现在把东西都收拾起来了，正在把墙刷成粉色，把你最心爱的唱片拿到跳蚤市场去卖。"

电话线里沉寂了片刻，随后我哈哈大笑起来。卡塔琳娜也跟着一起笑起来。我体验到一种被人们称做幸福的感觉。虽说我觉得她们两个人在一起，而我不在场，有一点儿吓人。

"你们有孩子吗?"我小心谨慎地问。

"你说的是什么意思?"卡塔琳娜惊讶地说，不过还在继续嘻嘻地笑。

"没什么。"我一边，一边忍不住继续笑，"可是我们现在怎么办?"

"我现在和迈伊可一起去吃点儿什么。她知道这里有一家不错的比萨饼店，据说工作人员里面还有性感的意大利男人。别忘了，明天早晨带法式黄油牛角面包，记住啦?!"

图书在版编目(CIP)数据

归乡思路 / （德）林歌著；周佳音译.—北京：新星出版社，2009.11
ISBN 978-7-80225-777-1

I. 归… II. ①林…②周… III. 长篇小说－德国－现代 IV. I516.45

中国版本图书馆 CIP 数据核字(2009)第 178089 号

Provinzglück

By George Lindt
Copyright © 2005 Ficher Taschenbuch Verlag in der S.Fischer Verlag GmbH,
Frankfurt am Main
Simplified Chinese Edition Copyright © 2009 New Star Press
All rights reserved

著作权登记图字：01-2008-99916

归乡思路

（德）林歌 著　周佳音 译

责任编辑：梁　毅
责任印制：韦　舰
封面设计：🔲 设计 · 邱特聪 [yp2010@yahoo.cn]

出版发行：新星出版社
出 版 人：谢　刚
社　　址：北京市东城区金宝街 67 号隆基大厦　100005
网　　址：www.newstarpress.com
电　　话：010-65270477
传　　真：010-65270449
法律顾问：北京建元律师事务所

读者服务：010-65267400　service@newstarpress.com
邮购地址：北京市东城区金宝街 67 号隆基大厦　100005

印　　刷：河北大厂彩虹印刷有限公司
开　　本：787 × 1092　1/32
印　　张：8
字　　数：164 千字
版　　次：2009 年 11 月第一版　2009 年 11 月第一次印刷
书　　号：ISBN 978-7-80225-777-1
定　　价：22.00 元